Kimberly Knight

Spencer
PARA SEMPRE
B&S 3,5

Copyright © 2014 por Kimberly Knight

Copyright© 2018 Editora Charme

Todos os direitos Copyright reservados.
Nenhuma parte deste livro pode ser reproduzida, digitalizada ou distribuída de qualquer forma, seja impressa ou eletrônica, sem permissão. Este livro é uma obra de ficção e qualquer semelhança com qualquer pessoa, viva ou morta, qualquer lugar, evento ou ocorrência é mera coincidência. Os personagens e enredos são criados a partir da imaginação da autora ou são usados ficticiamente. O assunto não é apropriado para menores de idade. Por favor, note que este romance contém palavrões, situações sexuais explícitas e consumo de álcool.

1ª Impressão 2018

Produção Editorial - Editora Charme
Capa arte © por Knight Publishing & Design, LLC e E. Marie Fotografia
Fotógrafo - Liz Christensen
Modelo masculino capa - David Santa Lucia
Modelo feminino capa - Rachael Baltes
Projeto gráfico - Verônica Góes
Tradutora - Janda Montenegro
Revisão - Ingrid Lopes

Este livro segue as regras da Nova Ortografia da Língua Portuguesa.

CIP-BRASIL, CATALOGAÇÃO NA PUBLICAÇÃO
SINDICATO NACIONAL DE EDITORES DE LIVROS, RJ

Knight, Kimberly
Spencer para sempre / Kimberly Knight
Titulo Original - Forever Spencer
Série B&S - Livro 3,5
Editora Charme, 2018.

ISBN: 978-85-68056-54-7
1. Romance Estrangeiro

CDD 813
CDU 821.111(73)3

www.editoracharme.com.br

Kimberly Knight

Spencer Para Sempre
B&S 3,5

Tradutora: Janda Montenegro

** Por favor, tenha em mente que este é um livro derivado de Tudo o que eu sempre quis e deve ser lido depois. Spencer para sempre é o ponto de vista masculino e não cobre todos os detalhes da história. **

Dedicatória

Para Brandon e Spencer.
Sei que vocês dois são fictícios, mas mudaram a minha vida.
Obrigada.

6   Kimberly Knight

Um

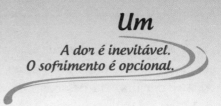

*A dor é inevitável.
O sofrimento é opcional.*

Eu nunca pensei, nem por um segundo, que Spencer diria "não" quando eu a pedisse em casamento. Porém, parte de mim ainda temia que ela o fizesse.

Desde o momento em que a vi no Club 24, eu declarei que iria casar com ela. Na época, pensei que estivesse maluco por dizer essas palavras. Porra, Jason pensou que eu estava maluco também. Quando, sem pensar, falei que ia casar com ela no instante em que caminhei em direção às esteiras, não fazia ideia de que iria querer torná-la minha esposa.

Eu não fazia ideia de que ela ia ser a primeira e a única mulher a capturar meu coração e não o deixar ir embora. Eu achava que amava minha namorada da época do Ensino Médio, mas nada se compara ao amor que sinto por Spencer.

Não sabia o nome dela naquela época. Nem qual era sua cor favorita. Não sabia a sua idade. Se ela tinha um namorado; não sabia nada sobre ela. Foi como se ela tivesse entrado para mudar a minha vida para sempre.

E... ela mudou.

Na noite em que a vi pela primeira vez, terminei pra valer com a Christy, e pareceu que tudo estava se encaixando tal como deveria, até Christy decidir tentar matar a Spencer. Então, achei que tudo tinha ficado para trás até que o babaca da minha faculdade sequestrou a Spencer e pediu resgate.

Você nunca acha que isso vai acontecer com você, que só acontece na TV, nos filmes e nos livros de ficção. Mas é aí que você se engana. Há pessoas más neste mundo que fazem coisas malucas, e, infelizmente, eu os conhecia e coloquei a Spencer em perigo.

A cada dia que passava, se aproximava a data do julgamento de Christy, Michael e Colin por tentativa de homicídio e sequestro. Os julgamentos haviam sido reunidos em uma audiência só, e eu sabia que assim seria mais fácil para Spencer. Eu odiava vê-la recontar cada detalhe diversas vezes quando foi ouvida pela polícia, quando conversava com o promotor público, e quando todo mundo perguntou sobre o ocorrido, querendo saber o que havia acontecido.

Spencer estava começando a ser ela mesma novamente, e, no momento em que a pedi em casamento, foi como se eu visse todas as suas preocupações desaparecerem. Eu havia prometido a Spencer que a manteria a salvo após Christy tentar matá-la, e, dessa vez, eu cumpriria a promessa.

Eu sabia que, se Michael tivesse outras pessoas junto com ele, não iria se ferrar sozinho sem nomear os outros como seus comparsas. Ele ainda não havia dado o nome de ninguém, e eu esperava que não houvesse mais ninguém atrás da Spencer ou do meu dinheiro.

O sorriso que eu mantinha em meu rosto desde que ela disse "sim" não desapareceu quando desci as escadas para atender a porta da frente depois que deixei Spencer indo tomar banho.

Eu invejava o casamento de Jason e Becca há anos. Todos

os dias eu esperava encontrar alguém que me faria feliz tal como Becca fazia o Jason. Spencer era o meu tudo, e o meu tudo disse "sim".

Ao chegar à porta da frente, estreitei os olhos pelo olho mágico, com Niner bem ao meu lado.

— Que diabos? — disse, confuso. — O que você está fazendo aqui? — indaguei, depois de abrir a porta.

— Isso não é forma de cumprimentar seu único irmão. — Blake sorriu e passou por mim antes que eu o convidasse a entrar. — Você não está feliz em me ver? — perguntou, enquanto acariciava Niner, fazendo-o abanar o rabo de felicidade.

— Não é isso. É claro que estou, mas agora não é uma boa hora. Por que você não ligou?

— Eu precisava fugir, e usei a passagem que você me deu no Natal. Presumi que fosse um convite aberto. Você e a Spencer estão brigando, ou algo do tipo? — questionou, colocando sua bolsa preta de lona no chão.

— Justamente o contrário. Acabei de pedi-la em casamento, e você está estragando os meus planos. — Fechei a porta e fui em direção às escadas para me juntar à minha noiva no banho.

— Ai, merda! Esta era a noite? — indagou, olhando para a escada, com todas as velas ainda acesas.

— Aham. — Suspirei.

— Eu não sabia.

— Só... apenas fique aqui embaixo. Vá brincar com o Niner ou algo do tipo.

— Eu vou para um hotel.

— Não. Fique. Só me deixe contar para a Spencer. Ela está no banho.

Blake tinha um jeito de estragar tudo. Ele tinha boas intenções, mas quem voa quase três mil e duzentos quilômetros sem telefonar antes? Meu irmão egoísta, é claro.

Deixei Blake e soprei as velas no meu caminho para o andar de cima, para encontrar Spencer. Não podia acreditar que meu irmão tinha aparecido do nada, e de todas as noites tinha que ser na noite em que eu queria ver a Spencer vestindo nada além do seu anel de diamante.

Assim que entrei no quarto, comecei a tirar minhas roupas. Blake podia esperar. Eu precisava de um banho; e um banho com a minha garota.

— Por que você demorou tanto? — perguntou Spencer, passando os braços ao redor do meu pescoço.

— Blake está aqui — respondi, aproximando-me dela de modo que nossos corpos estivessem alinhados.

— É mesmo?

— Sim. — Peguei sua bunda e a puxei contra mim o máximo possível. Eu adorava ter seu corpo nu contra o meu, e não ia permitir que meu irmão arruinasse meus planos.

— Você sabia que ele vinha?

— Não, ele falou que precisava se afastar de lá e usou a passagem de avião que lhe demos no Natal.

— Ele não poderia ter perguntado antes? Quero dizer, esta

noite é importante.

— Amor, você sabe como Blake é. Ele nem sempre usa a cabeça — murmurei, enquanto comecei a beijar seu pescoço.

— Eu sei. — Ela suspirou. — Ele pode ir para um hotel hoje à noite?

— Acho que sim, mas faz quanto tempo que não o vemos? Cinco meses? — Não tenho certeza de por que eu disse isso. Esta era uma noite importante, e Blake já havia oferecido de pegar um quarto de hotel pela noite.

— Eu sei... você tem razão. Eu só queria andar nua pela casa hoje — ela disse, mordendo o lábio inferior e oferecendo-me seu sorriso mais inocente, o que fez meu pau se contorcer em resposta.

Eu estava pensando a mesmíssima coisa.

— Vou te compensar em outra noite. Prometo.

— Mas essa outra noite não será a que você me pediu em casamento e eu aceitei.

— Eu sei, amor... — Parei e olhei nos olhos dela. O que eu estava fazendo? Blake podia esperar. — E se nós fôssemos para um hotel na cidade, e você telefonasse para o trabalho amanhã dizendo que está doente? Poderíamos pedir serviço de quarto, tomar café da manhã na cama e depois passar o resto do dia com Blake. Ele pode tomar conta do Niner hoje. Isso também vai dar tempo para ele clarear as ideias, já que este foi o motivo de ele entrar em um avião e voar milhares de quilômetros sem avisar.

— Bom, ele veio de tão longe. Será que a gente deve ficar com ele?

— Não, ele vai entender. Tenho certeza de que vai ficar aqui mais de uma noite. Vamos sair com ele amanhã. Além do mais, quero te ver vestindo nada além do anel novo e um sorriso pelo resto da noite.

Meu pau já estava duro só de ver o corpo nu de Spencer, e, no momento em que ela sorriu depois que lhe contei que queria que ela ficasse basicamente nua a noite inteira, meu pau ficou ainda mais rígido, concordando com esse plano.

Eu a encostei contra a parede azulejada, a água quente lavando nossos corpos, e a beijei, começando pelos seus lábios. Ela gemeu quando minha língua deslizou para dentro da sua boca e continuou gemendo quando entrei nela com minha extensão dura e nua, seu corpo deslizando contra o meu na parede escorregadia, sem parar até que ela gritou o meu nome pela segunda vez em vinte minutos.

Eu adorava a sensação de ter Spencer enroscada ao redor do meu pau sem nada cobrindo-o. Em todos esses anos, eu nunca fiz sem camisinha, e estaria mentindo se dissesse que não estava perdendo algo, mas nunca pareceu certo fazer.

Agora, com Spencer, parecia certo. Parecia perfeito.

Depois de fazer a mala para uma noite, Spencer e eu descemos para contar o plano a Blake. Eu não sabia por que ele precisava "fugir", mas não me importei. Ele era meu irmão, mas os problemas dele poderiam esperar uma noite.

— Oi, amigão — disse Spencer, ajoelhando-se para fazer carinho em Niner quando ele veio correndo até a gente. — Você e seu pai são muito sorrateiros.

— Bem, foi tudo ideia dele. — Ri.

— Spencer! — exclamou Blake, caminhando na direção dela com os braços abertos. — Como vai a minha shark do pôquer?

— Que bom ver você, Blake! Tudo bem?

— Sua shark do pôquer?

— Qualquer um que ganhe de você é meu shark do pôquer — Blake me respondeu, e então se virou para Spencer. — Estou bem, Spence. Me desculpe por vir sem avisar. Não tinha ideia de que hoje era a noite. Eu deveria ter ligado antes.

— Tudo bem. Vai ser divertido ter você por aqui. Quanto tempo está planejando ficar?

— Alguns dias, talvez uma semana, se estiver tudo bem.

— Por mim, não tem problema. Você e Brandon podem passar um tempo só de irmãos. — Ela sorriu para nós dois.

Seria legal ter meu irmão por aqui. Desde que me mudei para a Califórnia, eu mal o vi.

— Spencer e eu vamos passar a noite em um hotel na cidade. Você pode cuidar do Niner até amanhã? Pegue o carro da Spencer e nos encontre para almoçar, e depois passaremos a tarde juntos... fazendo um mini tour em São Francisco — digo.

— Não, sou eu que devo ir para um hotel — respondeu Blake, puxando seu celular do bolso.

— Está tudo certo. Sério. Assim não preciso cozinhar e posso passar mais tempo nu com Spencer — digo, dando um tapinha na bunda dela.

Spencer para sempre   13

— Calma aí, muita informação, amor, muita informação.

— Bom, se insistem... mas quero ver o anel antes de vocês saírem — declarou Blake.

Spencer estendeu sua mão, o diamante brilhando na luz, com um sorriso que combinava com ele. E um sorriso instantaneamente apareceu no meu rosto também.

— Que droga, mano, você vai me fazer competir com isso? — Blake perguntou, olhando para mim.

— Você vai pedir Stacey em casamento? — questionou Spencer.

— Oh, não, não, não. Nunca vou me casar. Só estou zoando o Brandon — ele disse, dando-me um tapinha no ombro.

— Vocês terminaram de novo? — quis saber Spencer, enquanto meus olhos iam de um para o outro.

— É melhor vocês irem, aproveitem sua noite. Vamos falar sobre isso amanhã — decretou Blake.

Eu não poderia concordar mais.

Enquanto Spencer e Blake ficaram conversando, telefonei para diferentes hotéis na cidade para fazer uma reserva por uma noite. Muitos locais estavam esgotados ou só tinham quartos simples. Muito embora esta noite não tenha ido exatamente como o planejado, ia acabar sendo melhor do que eu havia pensado.

Eu nunca diria a Blake, mas o fato de ele ter aparecido me permitiu reservar um quarto de hotel com morango coberto de chocolate e champanhe. Eu já deveria ter feito isso, mas parece que as coisas tinham um jeito de dar certo por conta própria. Meus planos, se ficássemos em casa, eram tomar uma taça de vinho e um banho, mas champanhe e morangos tornariam a noite muito melhor.

Eu e Spencer dirigimos até a cidade, e, depois que entreguei meu carro ao manobrista do Ritz Carlton, fiz nosso check-in e confirmei com o atendente da recepção e com o gerente que tudo estava pronto para a nossa chegada.

Embora tenha sido em cima da hora, eles iam preparar um banho de rosas, colocar velas ao redor da banheira, deixariam o champanhe gelando e colocariam um prato com morangos. Geralmente, eles pedem que essas coisas sejam avisadas com antecedência, mas o gerente da recepção era frequentador do Club 24, e, em troca, eu me encarregaria de dar uma anuidade inteira grátis para ele.

— Pronta para ir, futura Sra. Montgomery? — perguntei, aproximando-me dela no sofá do saguão.

— Sim.

Subimos pelo elevador com um carregador e conversamos sobre meu pedido. Parecia que Spencer ainda estava em choque pelo fato de eu a ter pedido em casamento. Talvez, não pelo pedido em si, ela sabia que eu queria torná-la minha esposa, porém, mais pelo momento do pedido.

Observei Spencer se maravilhar com a suíte do hotel quando entramos. Eu estava admirado com quão rápido tudo foi feito. Era perfeito. Dei uma gorjeta ao carregador e fui atrás de Spencer, enquanto ela inspecionava o banheiro reluzente.

— Como você fez isso?

— Quando telefonei para fazer a reserva, pedi a eles que preparassem tudo. Eu ia fazer algo parecido em casa, para depois do nosso jantar.

— A água ainda está quente? — ela quis saber, inclinando-se e colocando a mão dentro da banheira. — Oh, está perfeita! Como eu pude ter tanta sorte?

Como *ela* pôde ter tanta sorte? Eu é que era o sortudo. Eu sabia que a Spencer foi feita para mim. Nunca antes acreditei em almas gêmeas, mas, depois de ver Becca e Jason por anos, eu sabia que tal coisa existia. Eu só não sabia que um dia iria encontrar a minha.

— Não, a pergunta é: como *eu* pude ter tanta sorte? — falei, beijando seus lábios com suavidade. — E deve haver... — virei-me e saí do banheiro — champanhe e morangos aqui também. — Olhei para a mesa, onde uma travessa de morangos estava com um balde de gelo e uma garrafa de champanhe. — Vamos? — ofereci, fazendo um movimento de cabeça em direção à banheira fumegante, segurando a travessa com morangos e o balde.

— Vamos — ela aceitou, com um sorriso.

Depois que tomamos um banho relaxante e comemos o pedido feito pelo serviço de quarto, Spencer colocou a bandeja do lado de fora do quarto. Quando se virou e ficou na frente da cama, espiando-me, ela estava mordendo o lábio inferior e me olhando como se quisesse me devorar.

— Você sabe o que acontece quando você me olha desse jeito, certo? — indaguei, deitado na cama com os braços atrás da cabeça.

Ela parou, olhando o meu corpo inteiro. Imediatamente,

meu pau enrijeceu e ficou pronto para brincar de novo.

— Não, o que acontece? — provocou.

— Por que você não vem aqui e descobre? — Sorri.

Spencer caminhou até o lado da cama onde eu estava deitado, e eu me sentei, passando as pernas ao seu redor para prendê-la. Vagarosamente, comecei a desatar o nó do seu roupão. A peça caiu no chão, aninhando-se aos seus pés, e ela ficou ali, parada à minha frente, nua.

— Você é tão linda — sussurrei, admirando seu corpo nu.

— E você é um tesão! — ela disparou, e nós dois caímos na risada.

— Bom, fico contente que você pense assim. Se fosse diferente, nós teríamos um problema — falei, inclinando-me para a frente e pousando um beijo na sua barriga.

As mãos dela entraram em meus cabelos até a altura do meu pescoço. Ela se abaixou apenas o suficiente para que eu pudesse chupar o seu seio, movimentando rapidamente seu mamilo com minha língua até que ele enrugasse. Eu amava cada pedaço de sua pele macia. Era doce e salgada: uma combinação perfeita que fez minha boca salivar.

Percorri com beijos todo o caminho do vale entre seus seios, indo até o outro mamilo, fazendo-o enrugar também. Minhas mãos foram para trás dela, em busca da bunda, e a puxei para frente na medida em que deitei de costas. Minha boca ainda sugava seus seios, fazendo-a gemer enquanto deitava em cima de mim.

Devagar, girei-a na cama, de modo que suas pernas ficassem

para o lado de fora e suas costas, eretas no colchão. Minha língua se arrastou pela sua clavícula. Calmamente, subi-a língua pela lateral do seu pescoço antes de beijá-la nos lábios ternos, sentindo um leve sabor de champanhe neles. Ela levou as mãos à frente e desatou o nó do meu roupão enquanto nossas línguas se experimentavam.

— Espere — falei, levantando-me e ficando de pé.

— O... o quê? Por quê? — ela perguntou, tentando me puxar de volta.

— Tenho uma ideia — respondi, livrando-me do meu roupão.

Fui até a sala e peguei o champanhe e o balde de gelo da mesa. Alcancei um cubo de gelo e olhei para Spencer, que foi para o meio da cama. Observei enquanto Spencer deslizava sua mão para baixo, até o meio das pernas, e começava a se tocar.

— Adoro quando você brinca consigo mesma — gemi.

Ela continuou. O gelo estava derretendo em minhas mãos e me deitei ao seu lado, circulando a pedra ao redor do seu mamilo e, depois, no outro. Ela gemeu, massageando seu clitóris mais rápido, a água do gelo escorrendo por seu corpo e para a cama enquanto deslizei-o pela barriga até o seu centro.

Levei o gelo até seu umbigo, esfregando-o em sua barriga até que o restante do gelo derreteu e parte dele formou uma piscina no umbigo. Inclinei-me para frente e suguei toda a água, depois, peguei outro gelo e a garrafa de champanhe.

Vi sua pele se arrepiar e passei outro cubo de gelo pela sua barriga sem parar no umbigo dessa vez, continuando até onde estava a mão dela, que ainda massageava o clitóris.

— Aqui, use isso — acrescentei, entregando-lhe o gelo e voltando para o balde para pegar mais.

Ela deslizou a pedra para cima e para baixo em sua fenda, e o gelo desapareceu enquanto eu observava. Meu pau duro e latejante pressionou a parte de fora da boceta dela, amando a sensação da sua pele enquanto deslizei dois cubos de gelo pelo seu tronco.

O gelo derreteu. Eu peguei o champanhe novamente e, devagar, despejei-o sobre a barriga dela.

— Humm, seu sabor é ainda melhor assim — declarei, bebendo o champanhe do vão entre seus seios e umbigo.

Sua mão livre alcançou meu pau, e eu sibilei um gemido com o contato.

— Você vai... por favor? — ela implorou.

Eu adorava ver Spencer se satisfazer, e amava ser aquele que a fazia gozar, sabendo que foi o meu toque que a satisfez. Ela me soltou, e eu me movi para entre suas pernas, agachando-me e lambendo a parte interna, bebendo a sua libido. Ela gemeu, e eu olhei para cima, espiando-a enquanto minha língua continuou lambendo e Spencer apertou seus seios.

Minha língua foi para cima e circulou seu clitóris, e ela gemeu novamente. Eu adorava ouvi-la gemer de prazer — prazer que eu estava criando.

— Mesmo que — comecei, entre uma lambida e outra — eu tenha sentido esse gosto poucas horas atrás, nunca vou me cansar do seu sabor.

— Sim... não pare — ela gemeu novamente.

Spencer para sempre   19

Eu não parei. Minha língua trabalhou em seu clitóris até ela gemer, e seu orgasmo fez com que ela endurecesse e arqueasse na cama.

— Me come — ela sussurrou.

— Oh, eu pretendo fazer isso, futura Sra. Montgomery. Fique de joelhos.

Ela permaneceu deitada por um momento, depois que seu corpo desceu novamente do frenesi sexual enquanto eu admirava sua beleza, sentado em meus calcanhares. Spencer ia se tornar minha esposa, e ela me tornou um homem feliz — um homem muito feliz.

Ela ficou de quatro e o colchão afundou um pouco quando subi e me posicionei atrás dela. Pressionei contra sua boceta, seus fluidos revestindo a ponta do meu pau, até que a preenchi, sem pensar duas vezes sobre colocar camisinha.

Suas costas arquearam tal como um gato faz, e seu calor engolfou meu pau. Minhas bolas começaram a bater contra a boceta dela quando aumentei minhas investidas, agarrando firme em seus quadris enquanto enfiava fundo.

Spencer empurrava os quadris para trás, de encontro às minhas investidas.

— Porra! — ela gemeu, seu corpo todo tremendo e apertando meu pau, o que me fez gozar e gemer com meu próprio alívio.

Saí de dentro dela e o sêmen começou a escorrer pela parte de trás da sua vagina. Peguei um lenço da mesa de cabeceira e limpei o local.

— Essa é a parte ruim de não usar camisinha — ela falou.

— O quê?

— É melado — continuou, rindo um pouco.

— Agora só preciso investir em lenços de papel, em vez de camisinhas — respondi, beijando sua nádega direita antes de dar um tapinha de brincadeira.

Depois de nos limparmos, ficamos deitados enroscados um no outro, e eu adormeci com minha noiva em meus braços.

22   Kimberly Knight

Dois

A dor é inevitável.
O sofrimento é opcional.

A manhã com minha noiva foi perfeita até Blake despejar a bomba de que ele não só viajou milhares de quilômetros sem me telefonar antes, mas também não contou a ninguém que estava vindo para a Califórnia. Ele não contou para os nossos pais nem para sua namorada, Stacey.

Eu estava puto, para não dizer outras coisas.

Depois de Blake e eu zoarmos um pouco a situação, liguei para os meus pais para contar-lhes que ele estava comigo. Eu não queria que pensassem que ele estava preso novamente, ou pior... morto. Contei-lhes que Blake usou a passagem que eu e Spencer lhe demos no Natal para vir para São Francisco. Era uma passagem de ida e volta, porém, uma vez que Blake falou para Spencer que ia ficar "alguns dias, ou semanas, no máximo", eu sabia que a outra metade da passagem tinha ido para o lixo, ou ele havia feito um upgrade e viajara de primeira classe. Ele provavelmente presumiu que eu pagaria para ele voltar para casa, e, conhecendo a mim mesmo, eu faria isso.

Meus pais pareceram aliviados depois que minha mãe parou de se preocupar com onde e como ele estava. Isso provavelmente era porque meu irmão estava fora do alcance deles e agora era minha responsabilidade, muito embora ele fosse adulto.

Durante o resto do almoço, não falei com Blake. Eu não era

de guardar ressentimento, mas tinha a impressão de que a visita dele não seria prazerosa, e, quanto mais ele bebia seu Pepper Jack, mais eu sabia que seu problema com bebida não estava sob controle, mesmo com o recente fiasco dele de dirigir embriagado, que fez com que voltasse a morar com nossos pais.

Depois do almoço, passamos o dia juntos passeando por Alcatraz, e, depois disso, dava para ver que Spencer queria ir para casa — e foi o que fiz. Eu e Blake consertamos algumas coisas; era apenas uma brincadeira entre irmãos, para começar, mas acabamos nos divertindo no passeio.

— Acho que eu e Spencer vamos para casa — comentei.

Já que Blake chegou na nossa casa sem avisar ninguém, achei que poderia deixá-lo em São Francisco sozinho, de modo que voltasse para casa quando quisesse. Não ia deixar um carro com ele, já que bebeu o dia inteiro.

Parte de mim entendia que ele estava gastando energia, e, com o tempo, eu iria descobrir exatamente do que ele estava fugindo. Se eu ainda morasse com nossos pais, também estaria fugindo. Mas ele causou essa situação para si mesmo.

Ele precisava crescer e parar de agir como criança.

— Por que vocês dois não saem, e talvez chamem Jason para ir também? Vou para casa ver como está o Niner e colocar a programação da TV em dia — sugeriu Spencer.

— É, cara, faz um tempão que eu não vejo o Jason. Liga pra ele! — Blake falou, gesticulando para eu fazer a ligação.

— Amor, tem certeza? — perguntei para Spencer.

— Claro, vá se divertir. Blake não ficará aqui por muito

tempo e precisa gastar um pouco de energia. Vou te ter para sempre — ela falou, dando-me um beijinho.

O simples fato de ter os ternos lábios dela nos meus já me fez querer dizer para o Blake dar o fora. Eu amava esta mulher, e, ao contrário de muitos caras, eu amava passar a maior parte do tempo possível com ela.

— Spencer, já falei o quanto a amo? — Blake perguntou.

— Não, mas estou contente que você não me odeie — ela respondeu, rindo.

— Você vai se encaixar bem — disse Blake, cutucando o ombro dela com o dele.

— Ela é o encaixe perfeito — falei, passando meu braço ao redor dela para trazê-la para junto de mim e beijando a lateral da sua cabeça.

✕

Acompanhamos Spencer até onde Blake estacionou o carro dela. Por sorte, não havia nenhum arranhão, porque se houvesse eu daria um esporro nele. Spencer amava o carro dela, e fiquei surpreso por ela não brigar comigo quando sugeri que Blake o dirigisse para nos encontrar para o almoço.

— Ligue para o J e comece logo essa festa! — disse Blake, assim que Spencer foi embora.

— É, ele ainda deve estar na academia — falei, checando a hora no celular.

— Mal posso esperar para ver o local. Talvez eu vá com

você para o trabalho na parte da manhã.

Não era uma má ideia, dado seu histórico; eu poderia ficar de olho nele.

— É, e talvez eu o coloque para trabalhar para pagar a sua visita. — Ri. Eu estava brincando apenas parcialmente.

— Eu treino as garotas — ele disse, com um sorrisinho.

Continuei a rir, balançando a cabeça.

— Você não tem certificado para treinar ninguém.

— Elas nunca vão saber.

— Eu vou, e posso ser processado se algo der errado — emendei, apertando o botão de chamada para telefonar para Jason.

— E daí? — respondeu Blake, no mesmo instante em que Jason atendeu.

— Ei — eu disse, respondendo ao "alô" do Jason. — O Blake está aqui.

— Sério?

— Aham.

— Jason, vem pegar sua bebida! — Blake gritou para o telefone.

— Acho que você não está mentindo — Jason disse, rindo.

— É, ele quer que você encontre a gente para tomar uns drinques.

— Por que vocês não estão com a sua garota?

— A gente estava, mas aí ela sugeriu que a gente saísse juntos, e Blake topou na hora — respondi.

— Tá bom, deixa só eu falar com a Bec, e depois eu encontro vocês no Bourbon & Branch, às seis.

✕

— Então, vamos parar com a baboseira. Por que você veio até aqui sem contar para ninguém? — questionei Blake.

Estávamos sentados em um reservado no Bourbon & Branch com nossa segunda caneca de cerveja e um copo de dose vazio à nossa frente.

— Ah — disse Blake, esfregando a parte de trás do pescoço nervosamente, olhando de mim para Jason. — Foi exatamente o que falei no almoço. Mamãe e papai querem que eu saia da casa deles, e Stacey quer que eu arranje um lugar para morar com ela.

— Então você fugiu? — concluí.

— Não! Eu só precisava desanuviar minha cabeça.

— Eu geralmente faço isso na privada — falou Jason, rindo.

— Tentei fazer isso — respondeu Blake, rindo também. — Mas estou sendo perseguido todos os dias, e não tinha outro lugar para ir.

— Bom, fico muito feliz que você esteja aqui, mas é uma hora ruim — avisei.

— Eu sei. Me desculpe. Vou embora em poucos dias.

— Sabe, o Jason é bom em dar conselhos como uma garota. O que você sugere que Blake faça?

— Vá se foder!

— É verdade!

— Enfim — falou Jason. — Eu acho que a gente deve virar homem, beber esta caneca de cerveja e não falar sobre esta merda novamente.

Tive que rir. Agora que eu estava chamando a atenção para o jeito mulherzinha do Jason, ele estava tentando desconversar. Porém, ao longo dos anos, Jason me deu muitos conselhos sobre mulheres. Ao final da noite, Doutor Jason Taylor, psiquiatra, estaria dando conselhos sobre relacionamentos a Blake, não havia a menor dúvida.

※

— Outra rodada — pediu Blake.

— Porra, nós já tomamos quatro canecas e — fiz uma pausa, contando todos os copos de doses na mesa — nove doses. Parei.

— Última rodada — Blake pleiteou.

— Não. O Brandon tá certo — Jason falou, arrastado. — Paramos.

— Bom, eu não parei.

— Parou, sim — eu disse, abaixando o braço do Blake quando ele tentou pedir mais uma rodada.

Aparentemente, eu não consegui, ou Blake pediu mais sem eu saber, porque outra caneca e mais doses foram colocadas à nossa frente poucos minutos depois, e isso é tudo que eu lembro pelo resto da noite.

30   Kimberly Knight

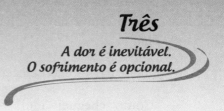

Três

*A dor é inevitável.
O sofrimento é opcional.*

Virei de lado, passando meu braço ao redor do corpo quente, enterrando meu rosto no vão do pescoço de Spenc...

— Que porra é essa? — gritei, empurrando o corpo musculoso para longe de mim ao mesmo tempo em que meus olhos se abriam de vez, e minha cabeça latejou com os movimentos repentinos... e a luz do dia.

— Hummm? — ele perguntou.

— Por que você está na minha cama? — questionei meu irmão, olhando ao redor. Eu não estava na minha cama. Não era o meu quarto e o de Spencer; estávamos no quarto de hóspedes de Jason.

— Pare de gritar! — Blake gemeu, jogando um travesseiro em mim.

Como que a gente chegou na casa do Jason?

Eu não conseguia lembrar de sair do Bourbon & Branch na noite anterior. Não me lembro de dirigir meu carro, entrar na casa do Jason... e dormir na mesma cama que meu irmão.

Peguei meu celular, na expectativa de haver perdido algumas ligações e mensagens de Spencer, mas não havia nada. *Merda!*

Deixei Blake de lado e fui atrás de Jason — atrás de respostas. Becca estava na cozinha, na mesa do café da manhã, tomando chá.

— Quer café? — ela ofereceu.

— Como cheguei aqui? — perguntei, sem responder sua oferta. Como eu poderia tomar café quando Spencer provavelmente estava preocupada pra cacete comigo? Eu estaria procurando nas ruas se ela não tivesse voltado para casa depois de uma bebedeira... mas eu não tinha sequer uma ligação perdida. Ela devia estar puta comigo!

— Eu busquei vocês. — Becca tomou outro gole do seu chá, agindo como se isso não fosse nada demais.

Passei a mão pelos meus cabelos castanhos, minha cabeça ainda latejando.

— E...?

— Não se preocupe, eu mandei uma mensagem para Spencer para avisá-la de que você estava aqui.

Soltei um suspiro aliviado.

— Obrigado.

— Bom, agora você quer um café antes de eu te levar até seu carro?

— Sim, e quatro aspirinas.

Meu celular vibrou no meu bolso e prendi a respiração quando vi o nome de Spencer na tela e uma mensagem dela.

Spencer: *Nos vemos depois do trabalho.*

Eu estava fodido, e ela estava puta da vida. Eu não precisava ouvir a voz dela para confirmar isso. Não precisava ver o seu rosto; eu sabia disso por sua breve mensagem.

— Cara, vou adorar te zoar o dia inteiro. Não te vejo de ressaca assim desde a faculdade. — Becca riu, inclinando-se para trás na cadeira de madeira, causando o barulho mais estridente que já ouvi.

— Ótimo — lamentei, tentando pensar numa resposta para Spencer, mas minha cabeça doía demais para eu conseguir pensar numa forma de Spencer não ficar chateada comigo; ao menos não por muito tempo.

Jason entrou na cozinha, parecendo tão de ressaca quanto eu.

— Vou querer um também — ele falou, sentando-se na cadeira da qual Becca acabara de se levantar.

— E quatro aspirinas também? — ela perguntou.

Levantei meus olhos para Becca, vendo-a sorrir em seu rosto *diabólico*.

— Por favor — Jason gemeu.

— É pra já — disse Becca, batendo as louças alto demais para meus ouvidos de ressaca, um sorrisinho diabólico se espalhando pelo seu rosto quando ela saiu da cozinha.

— Sua mulher é má.

— Você pode culpá-la? Eu vomitei pela janela do carro enquanto a gente estava vindo pra casa.

Eu ri, o que fez com que minha cabeça doesse mais.

— Não me lembro de nada.

— Nem eu, mas a Becca fez questão de me lembrar que vomitei e que caiu em toda a lateral do carro. Ela me falou isso depois que saiu do banho hoje de manhã e percebeu que eu estava acordado.

— Ai, meu Deus, pare. Você vai *me* fazer vomitar. — Olhei de soslaio para o relógio na parede. — É melhor eu ir pegar o Blake para ir ao trabalho e para que eu possa me preparar para a minha teleconferência com o Paul ao meio-dia.

— Ele vai com a gente?

— Vou fazê-lo trabalhar. Tudo isso é culpa dele.

— Verdade.

Tentei me levantar, mas o cômodo começou a girar, então sentei de novo, descansando a cabeça na mesa.

— Aqui está, meninos — Becca gritou, chacoalhando o recipiente de pílulas.

Me mate!

Depois de algum tempo — e após o cômodo parar de girar —, segui pelo corredor para acordar o Blake e digitei uma mensagem para Spencer.

Eu: Futura Sra. Montgomery, sinto muito! O maldito Blake ficou pagando drinques para mim e, antes que eu notasse, estava acordando no quarto de hóspedes do Jason. Ligue para mim na hora do seu almoço. Amo você! Por favor, não fique brava comigo :(

Mantive minha porta e as persianas fechadas o dia inteiro, tentando bloquear toda a luz da minha cabeça latejante. Até a momento da minha conferência por telefone ao meio-dia, eu não tivera nenhuma resposta de Spencer. Ela nunca tinha me dado gelo antes. Eu ferrei com tudo — e muito.

Eu: Tenho uma reunião em alguns minutos... por favor, me diga se você foi trabalhar hoje.

Eu ia matar o meu irmão. Ele não me forçou a beber muito, mas perdi a conta de quantas doses a gente estava tomando, e você sabe o que dizem por aí: nunca misture bebidas.

A gente estava misturando cerveja com... ai, Deus, a mera ideia de vodca já era o suficiente para me fazer vomitar. E Blake estava pagando tudo, pela primeira vez na vida, então, como eu podia dizer não?

Spencer: Sim, mas não estou no trabalho.

Respondi imediatamente.

Eu: Por quê? Onde você está?

Spencer: Estou aqui.

Ela estava aqui?

Levantei rapidamente, abri a porta do escritório e encontrei a minha garota.

— Oi! — ela disse, erguendo um saco marrom, com um sorriso travesso enorme no rosto.

Ela estava sorrindo. Relaxei imediatamente. Ela estava sorrindo!

— O que você está fazendo aqui? — questionei, puxando-a para mim e passando os braços ao redor dela como se não a visse há um mês.

— Trouxe almoço para você.

— Você não está brava comigo?

— Na verdade, não. Mas não torne isso um hábito com Blake aqui.

— Não vou. Vamos comer. Estou morrendo de fome e a teleconferência começa em alguns minutos.

— Você se incomoda se eu comer na sua sala enquanto você está ao telefone? Só preciso voltar para o trabalho daqui a uma hora.

— Claro que não — respondi, pegando-a pela mão e trazendo-a para dento da sala. — Mas você vai ficar entediada. — Fechei a porta atrás de mim, e Spencer foi sentar-se na cadeira em frente à minha mesa.

— Acho que vou sobreviver — ela disse, sorrindo novamente e entregando-me um sanduíche.

Peguei-o e sentei. O telefone tocou exatamente ao meio-dia.

Focado na ligação com Paul, conversando sobre números da nova academia, não vi quando Spencer parou de comer e veio na minha direção, parando ao meu lado e desabotoando seu jeans.

Engoli com dificuldade, observando-a desabotoar a calça devagar e deslizá-la pelas pernas.

— Sim, Paul, Jason e eu temos certeza. — Levantei minha sobrancelha para ela. Isso estava realmente acontecendo? Eu fantasiei sobre comer a Spencer na minha mesa desde que a comi na mesa do seu escritório, mas ela estava de sacanagem comigo para se vingar de mim sobre a noite anterior?

— Não, nós não vamos pagar mais do que um milhão e meio pelo espaço do armazém — eu disse, tocando a calcinha de Spencer, na expectativa de que isso não fosse um sonho.

Ela deu um tapinha na minha mão, balançando o dedo para mim. Eu sabia que era bom demais para ser verdade.

Minha conversa com Paul se perdeu, e eu não tinha certeza se estava respondendo às suas perguntas corretamente. Tudo que continuei dizendo foi "ãh hã" enquanto assistia Spencer passar os dedos pelo algodão da sua calcinha e por suas pernas, jogando a peça íntima na crescente pilha de roupas.

Spencer se sentou na mesa, apartando minhas pernas com as suas, e, com o dedo, me chamou para mais perto. Meus dedos não se desviaram da sua parte de baixo desnuda enquanto ela abria as pernas e mostrava sua boceta exposta.

Meu Deus, por favor, faça com que isso não seja um sonho!

Ouvi vagamente Paul falar sobre aumentar nossa oferta pelo armazém que queríamos comprar, e não sei como tive o bom senso de responder enquanto empurrei minha cadeira para mais perto do paraíso da Spencer.

— Entendo, mas você é bom no que faz. Se eles quiserem vender de fato, vão aceitar a oferta.

Eu podia sentir o cheiro da excitação de Spencer quando me aproximei, desejando um almoço completamente diferente agora. Estava de ressaca, mas não queria que Spencer soubesse. Quando ela disse que trouxera almoço para a gente, eu quis vomitar, mas isto... isto eu poderia comer a qualquer momento, em qualquer lugar.

Posicionei o telefone na curva do pescoço e passei os braços ao redor da cintura dela, minhas mãos agarrando sua bunda para puxá-la para a beirada da mesa, de modo que eu pudesse enterrar meu rosto entre suas coxas.

Paul ainda estava falando na minha orelha, porém, tudo que eu ainda conseguia dizer era "ãh hã", um atrás do outro, quando me inclinei na direção das pernas abertas de Spencer, lambendo seu doce néctar.

— Paul, você pode esperar um minuto? — perguntei, quando o telefone começou a deslizar.

Se isto era um sonho ou não, eu não queria ninguém perturbando o que estava acontecendo. Levantei e fui até a porta, trancando-a. Com a minha sorte, Blake entraria aqui e arruinaria a porra toda.

— Tudo que não preciso é que Jason ou Blake entrem. Ou pior, um cliente.

— Blake está aqui?

— Sim, está dando uma volta até eu poder levá-lo para casa, depois que eu terminar algumas coisas — respondi, voltando a me sentar.

— Ah, então vou deixar você trabalhar. — Spencer começou a deslizar para fora da mesa, mas eu agarrei seus quadris, mantendo-a no lugar.

— Não, não. Não se mexa. Você não vai me deixar todo... com *fome* e depois ir embora — falei, lambendo meus lábios, sentindo o gosto de Spencer. — Me desculpe, Paul. Meu *almoço* acabou de chegar aqui e só tenho alguns minutos para *comer* — disse, pegando de volta o telefone. Meus olhos não se desgrudaram de Spencer enquanto isso.

Spencer jogou a cabeça para trás, rindo silenciosamente. Surpreendi-a quando retornei minha boca para a sua boceta.

— Ãh hã — repeti. Dessa vez, apenas murmurei, sem tirar os meus lábios dos *lábios* dela.

— Tudo bem, vou enviar a oferta — concluiu Paul.

Oh, graças a Deus. Eu precisava focar no meu... almoço.

— É, faça isso. Telefone para mim amanhã quando você souber a resposta deles. Certo, tchau — finalizei, sem esperar que Paul dissesse mais alguma coisa.

Devolvi o telefone à base, sem tirar a boca do calor de Spencer. Minha língua continuou a lamber, escavando seus fluidos para a minha boca, e meu polegar esfregava o clitóris dela em círculos. Mecanicamente, as mãos de Spencer percorreram meu cabelo. Meu pau doía, desejando libertar-se. Acomodei-me quando inseri dois dedos dentro dela.

Ela gemeu, e sua boceta se fechou ao redor dos meus dedos. Então, seu centro se contraiu e seu gozo foi lançado para a minha boca enquanto eu continuava a bebê-la.

Spencer deitou em minha mesa, ofegante. Minha cabeça não doía mais da ressaca. Eu poderia me acostumar com isso se comer uma boceta fosse o necessário para curar uma bebedeira.

Eu já estava acostumado com o lance de não usar camisinha. Desci a calça até os joelhos, passei a ponta do meu pau no gozo de

Spencer para sempre 39

Spencer e entrei nela.

— Nunca pensei que hoje daria uma ao meio-dia — sussurrei no ouvido de Spencer enquanto meus quadris investiam nela.

— Nem eu. Não sabia o que pensar quando acordei e você não estava lá — ela disse, passando as pernas ao redor do meu peito, fazendo com que eu fosse mais fundo.

— Sinto muito, amor. Antes que eu desse por mim, estava muito bêbado. Não me lembro de Becca nos buscar ou de ir para a casa deles. Acordei no quarto de hóspedes. — Beijei Spencer, desejando que eu tivesse acordado com ela em meus braços, ao invés do idiota do meu irmão, que pensei que era Spencer, em meu torpor.

Beijei todo o seu pescoço, trabalhando o meu caminho até seus seios, e levantei sua camiseta quando cheguei lá. Puxei o sutiã para baixo, libertei seu seio e me abaixei para colocar o mamilo na boca. Ele instantaneamente enrugou quando minha língua o circulou.

— Falamos sobre isso mais tarde — ela gemeu.

— Venha aqui — falei, saindo de dentro dela e sentando na cadeira. — Vire.

Spencer não hesitou quando se virou, e sua bunda ficou bem diante do meu rosto.

Inclinei-me para frente e dei um beijo no seu traseiro.

— Venha para trás e ponha meu pau dentro de você — orientei.

Soltei o sutiã da Spencer e deslizei as mãos para a sua frente, cobrindo cada seio enquanto ela vinha para trás e afundava no meu pau. Sua camiseta ainda estava ao redor do pescoço — de quando eu a ergui, e ela estava na minha mesa — e me inclinei para frente e beijei sua parte de trás macia, enquanto ela deslizava para cima e para baixo.

Graças aos céus que Spencer não estava brava comigo por não voltar para casa!

— Amor, vou gozar logo — anunciei.

— Eu também — ela murmurou.

Eu estava prestes a explodir e não queria gozar antes de Spencer, por isso comecei a esfregar seu clitóris com dois dedos. Eu podia sentir seu corpo começar a se retesar ao redor do meu, então, circulei seu clitóris mais rapidamente, gemendo enquanto nós dois nos aliviamos, nossos corpos cobertos de suor e o álcool se desprendendo por meus poros.

Esta era definitivamente a melhor cura para ressaca!

De todos os dias, hoje não era o dia que eu queria lidar com o ex da Spencer. Eu estava começando a me sentir melhor depois do meu *almoço* e tinha zero paciência para lidar com esse filho da puta. Mas, claro, Travis não podia deixar a merda passar.

— Entre — eu disse, quando ouvi baterem à minha porta. Olhei para cima e o vi entrar. Ele tinha muita coragem de vir ao meu local de trabalho depois do nosso último encontro no casamento do Max e da Ryan. — O que você está fazendo aqui?

— Você devia estar feliz por ser eu e não a polícia — ele

falou, com um sorriso presunçoso. Um sorriso que eu queria socar novamente.

— E isso significa...?

— Pensei muito sobre isso — continuou, sentando-se na cadeira em que Spencer estivera recentemente. — Quero dizer, eu sou procurador e conheço a lei. Eu poderia prendê-lo por agressão e lesão corporal.

Este babaca realmente tinha coragem. Eu estava cansado de pessoas ferrando com a minha vida e a de Spencer. Este cara não era nada além de um chato, e eu estava cansado... mas ele estava certo, ele poderia ter me prendido por bater nele.

— Não sei do que você está falando — falei, cruzando os braços na altura do peito e inclinando-me na cadeira.

Ele riu.

— Sério?

— É, sério. — Minhas sobrancelhas franziram, e eu o fitei.

— Você não lembra de quebrar o meu nariz?

Ah, eu lembrava, seu filho da puta.

— Não — respondi, balançando a cabeça.

— Interessante.

— Sabe, pensando melhor, eu vi você correndo direto de encontro a um muro.

— Correndo de encontro a um muro?

— Aham. Você estava tão bêbado que correu direto na

direção de um muro que surgiu do nada.

— Você realmente acha que essa história vai convencer o juiz?

— Você realmente acha que a *sua* história vai convencer? Você chegou bêbado a um casamento. Um casamento para o qual não foi convidado, e assediou a minha noiva.

— Noiva?

— Sim, noiva.

— Você pediu a Spencer em casamento?

— Olha, cara, estou de saco cheio. Por que você não simplesmente desiste? Você fodeu tudo e arruinou a melhor coisa que aconteceu contigo. A sua perda é o meu ganho. Então, corta a baboseira e segue em frente. Você está patético.

— Então você acha que não me deve nada por bater em mim?

— Novamente: você deu com a cara no muro. — Eu estava surpreso por manter a calma nesta conversa. Por dentro, eu estava me coçando para arremessá-lo pela janela do meu escritório.

— Você quebrou o meu nariz. Você tem que pelo menos pagar pelas minhas consultas médicas.

— Eu não bati em você.

A porta do meu escritório se abriu, e Blake e Jason entraram.

— O que está acontecendo? — perguntou Jason.

— Nosso colega Travis aqui alega que bati nele no

casamento do Max e quebrei o nariz dele.

— Sério? Eu lembro de ele dar de cara num muro quando estava bêbado pra cacete — respondeu Jason.

Tentei esconder meu sorriso. Ainda bem que Jason, de alguma forma, contou a mesma mentira que eu.

— Quem é esse cara? — perguntou Blake.

— O ex da Spencer — eu e Jason respondemos em uníssono.

— O filho da mãe que ela pegou no flagra? — indagou Blake, dando um passo na direção de Travis.

O babaca se levantou.

— Você pode esperar pelo meu advogado.

— Eu achei que você era um — retrucou Jason.

Antes que Travis pudesse responder, eu falei.

— Olha, Travis, apenas vá embora. Faça um favor a si mesmo e fique longe da Spencer. Fique longe de mim. Fique longe do meu trabalho, ou aquele *muro* com o qual você deu de cara pode surgir novamente.

— Isso é algum tipo de ameaça?

— Ameaça? Algum de vocês me ouviu ameaçá-lo?

— Não — responderam Blake e Jason, balançando suas cabeças.

— Parece que você não tem nenhuma testemunha para suas acusações, Doutor.

Quatro

A dor é inevitável.
O sofrimento é opcional.

— Você acabou de chamar meu irmão de mulherengo? — perguntei a Spencer, entrando na sala, segurando três cervejas.

— Sim, chamei. Desculpe, mas não posso ficar sentada aqui e ver seu irmão traindo alguém que considero minha amiga — ela respondeu, levantando-se.

— Você nem conhece a Stacey! — gritou Blake, pegando uma cerveja da minha mão.

— Stacey e eu temos conversado desde o Natal. Ela não contou para você que eu a coloquei em contato com a minha amiga Audrey, em Los Angeles? — Spencer questionou, começando a levantar a voz.

Nossa, aparentemente, eu não deveria tê-los deixado juntos no mesmo cômodo, mesmo que fosse por um minuto para pegar mais cerveja. Não culpei Spencer por proteger a amiga, mas Blake estava certo também: Spencer conhecera Stacey apenas em dezembro, sete meses atrás.

— Ela mencionou, mas eu não sabia que vocês duas eram *tão amiguinhas* agora.

— E sabe o que mais? Se você a magoar de novo, vou chutar as suas bolas por ela! — disparou Spencer, e saiu enfurecida em direção às escadas.

— Sua mulher é briguenta — comentou Blake, bebendo um gole de cerveja.

— Ela é, e aposto que pode acabar contigo — falei, rindo e tomando um gole da minha. Eu hesitei quando ouvi Spencer bater a porta do nosso quarto. — E eu a deixaria fazê-lo.

— Enfim. É a minha vida, por que vocês não podem me deixar em paz?

— Em primeiro lugar, você está sob o meu teto; o teto da Spencer. Não me venha com essa de achar que a gente vai fingir que você não está aqui para que você possa fazer o que bem lhe entender.

— Não é como se eu fosse uma criança que vai tacar fogo na casa.

— Não, mas, sério, Spencer é uma garota. Eu aprendi a não falar merda sobre as amigas das mulheres. Espere até conhecer Ryan — declarei, balançando a cabeça. — Você acha que Spencer é briguenta? Nem se compara.

— Que pena que ela não é solteira. Eu gosto delas assim.

— Olha, nos faça um favor e descubra o que você vai fazer com a Stacey — falei, querendo acrescentar "e quando você vai embora", mas decidi não o fazer, e fui para o andar de cima dar uma olhada na minha garota. Eu sabia quão frustrante era lidar com o Blake.

— Amor? — chamei, ao entrar no quarto.

Sentei-me na lateral da cama, e Spencer estava de bruços no colchão. Deixei sua cerveja na cabeceira.

— Você está bravo comigo? — perguntou, virando apenas o rosto para mim.

— Por que eu estaria bravo com você?

— Porque acabei de gritar com o seu irmão.

— Amor, meu irmão é uma pessoa difícil. Sempre foi. Ele não usa a porra da cabeça e só se mete em problemas. Acredite, eu já disse coisas piores para ele — confessei, deitando ao seu lado para poder encará-la.

— Sim, mas ele é *seu* irmão. Eu mal o conheço.

— É verdade, mas sabe o que eu amo em você? — perguntei, colocando uma mecha do seu cabelo atrás da orelha.

— Bem, espero que seja mais de uma coisa — provocou.

— É mais de uma coisa, claro, mas adoro o fato de você não aceitar desaforos de ninguém, nem mesmo do meu irmão, especialmente quando envolve uma das suas amigas.

— Você está certo. Ele precisa parar de prender a Stacey. Isso vai acabar com ela.

— Quem disse que Blake vai terminar com ela?

— Ninguém, mas ele está perguntando se minhas amigas são solteiras. Uma pessoa que está namorando não deveria fazer essa pergunta nem deveria estar fugindo.

— Amor, não se preocupe com Blake. Ele é um cara crescido. Quando tiver sessenta anos e estiver sozinho, vai se arrepender. — Inclinei-me em sua direção e beijei seus lábios. — Você vai sair com a Ryan amanhã?

— Vou, vamos almoçar juntas. Ela quer me dar todas as revistas e coisas de noiva.

— Muito bom, é melhor se apressar e planejar esse casamento para eu me casar contigo — falei, rolando para cima dela e fazendo-a dar um gritinho.

— Oh, não, de jeito nenhum. Não vou planejar sozinha — respondeu, enfiando a mão entre nós para me dar um beliscão e... porra!

— Ai! Tudo bem, tudo bem, eu vou te ajudar! — cedi, esfregando meu mamilo.

— Viu, se eu posso acabar com você, posso acabar com a vovó.

— Vovó?

— A Sra. Robinson.

— Oh, Deus, você ainda está obcecada por ela?

— Eu vi a vovó hoje quando estava voltando para o trabalho.

— Amor, você sabe que ela é uma aluna da academia.

— Eu sei. Isso é só uma das coisas sobre ela. Ela quer colocar as patas de pantera em alguém que não é dela.

— Eu? — perguntei. Eu não era o único que Teresa queria. Ela desejava todos os funcionários homens.

— É, você.

— Eu mal a vejo. Acho que ela finalmente reconheceu que estou comprometido — falei, aproximando-me para beijá-la

48   Kimberly Knight

suavemente de novo.

— Depois de hoje, espero que o anúncio tenha sido alto e claro.

— Então foi por isso que você me beijou daquele jeito hoje?

— Foi, estava marcando meu território.

— Este é todo o território que você precisa — declarei, segurando alto sua mão com o anel.

50   Kimberly Knight

Cinco

A dor é inevitável.
O sofrimento é opcional.

Uma semana se transformou em duas. Blake não ia embora nunca, e, por ser o irmão mais velho e protetor, eu também não ia expulsá-lo. Ele começou a ir comigo para o trabalho todos os dias e a trabalhar de fato. Eu deveria saber que ele não iria embora tão cedo, mas esperava que ele só quisesse fazer algum dinheiro para voltar para o Texas.

— Reuni vocês aqui hoje... — começou Blake. Ele havia pedido uma reunião com todos da *casa*. Eu devia saber que ele estava aprontando alguma.

Nós começamos a rir.

— O quê, você é um pregador agora?

— Longe disso, mano — respondeu. Era verdade, Blake não era nenhum santo.

— Tudo bem, então o que é? — Spencer quis saber.

— Por favor, prometam que vocês vão ouvir tudo que tenho a dizer antes de decidirem.

— Combinado — respondi, incerto.

— Primeiro, quero dizer que estou agradecido por vocês me deixarem ficar aqui estes dias. Sei que disse que era só uma semana e, bem, já faz treze dias, mas quem está contando, não é mesmo? — Ele sorriu.

— Desembucha — falei, tomando um gole de cerveja.

— Certo, então... vocês sabem que eu sou barman?

— É? — questionei novamente.

— Bom, acho que São Francisco seria um lugar incrível para ser barman e talvez até mesmo abrir meu próprio bar.

— E? — perguntei mais uma vez, querendo que ele desembuchasse logo.

— Então... eu estava esperando que vocês me deixassem mudar para cá permanentemente. Bem, até eu conseguir um bom emprego e poder mudar para a minha própria casa na cidade.

Minha cabeça se moveu na direção de Spencer, os olhos arregalados, e fiquei esperando pelo seu protesto.

— Deixe eu e Spencer conversarmos sobre isso rapidinho.

— Aham, claro. Levem o tempo que precisarem — ele respondeu.

Eu e Spencer deixamos a sala de jantar e, para minha surpresa, nós dois decidimos que ele poderia ficar conosco *temporariamente*.

Apesar disso, tive que bater o pé e me certificar de que Blake estava cem por cento ciente de que ele precisava ir embora antes que eu e Spencer nos casássemos. Eu planejava consumar nosso casamento em cada canto da nossa casa, e não precisava que Blake ficasse no nosso caminho — literalmente.

— Quero casar com você amanhã — falei, observando Spencer passar shampoo no cabelo, a água escorrendo pelo seu peito, barriga e vagina.

— Acabamos de falar para o seu irmão que ele poderia morar com a gente, mas tem que se mudar antes do nosso casamento. Acho que pode ser um pouco em cima da hora — ela respondeu, inclinando a cabeça para trás para lavar o shampoo.

— Eu sei, mas não quero mais esperar. Quero que todo mundo saiba que você é a Sra. Brandon Montgomery.

Eu não me importava se a gente tivesse que pegar um avião para Vegas e fugir. Até porque, Vegas foi onde tudo começou oficialmente.

— Diga uma coisa: como é que você ficou solteiro por tanto tempo?

— O que você quer dizer? — questionei, encarando seus seios molhados.

Spencer se moveu, sinalizando que a gente trocasse de lugar sob o chuveiro.

— Você é o tipo do homem perfeito. Como alguém não agarrou você antes de mim?

Perfeito? Como que eu era perfeito? Minha ex-namorada havia tentado assassinar minha namorada porque estava comprometida com um colega de classe da faculdade que mantinha um rancor há doze anos.

Spencer para sempre 53

Antes de Spencer, eu era atraído por mulheres malucas pra cacete. Spencer era diferente. Ela tinha um bom coração, não estava atrás do meu dinheiro e era minha para sempre. Se algum dia ela me deixasse, seria o meu fim. Minha vida estaria acabada. Eu nunca quis nada tanto quanto queria que Spencer usasse meu sobrenome.

Eu não gostava quando Spencer ficava questionando por que ela era especial. Quanto mais ela duvidava do quanto significava para mim, mais eu me preocupava que ela ficaria de saco cheio do meu passado e me deixaria.

Parei de ensaboar meu peito e empurrei Spencer contra a parede branca azulejada do chuveiro, prendendo-a entre meus braços.

— Quantas vezes tenho que falar que você não é como as outras garotas que eu namorei? Você é a escolhida. Minha alma gêmea. Minha melhor metade. Do jeito que você quiser chamar. Nós estamos nos casando e vamos ficar juntos até que um de nós não esteja mais respirando. Nunca senti isso por nenhuma mulher antes. Então, pare de duvidar do que quer que esteja na sua cabeça.

— Tudo bem — ela sussurrou.

— Spencer, é sério. Somos nós dois para sempre, e eu quero que o para sempre comece amanhã.

— Não podemos fugir para nos casarmos. Você sabe o quanto as nossas famílias nos odiariam? O quanto Ryan nos odiaria? Ela está ansiosa para revidar aquele traje de pênis. — Ela sorriu.

— Você quer dizer esse traje de pênis? — perguntei, empurrando meu pau duro no meio das suas pernas, na tentativa de suavizar o clima.

— Não. Nós não vamos mostrar esse pênis em público — ela brincou, colocando a mão entre nós dois e agarrando o meu membro.

Gemi, adorando a sensação da sua mão molhada passando pelo meu pau. Isso era muito melhor do que discutir.

— Não podemos casar amanhã, mas tenho certeza de que podemos casar logo. Tenho material suficiente para planejar a cerimônia da noite para o dia, graças à Ryan.

— Ótimo, vamos casar neste final de semana.

— Você esqueceu da parte que Ryan quer revidar porque a fiz usar tudo com o tema de pênis?

— Esqueci, não estou pensando nem um pouco na Ryan nesse momento — falei, olhando para a mão de Spencer me bombeando.

— Ah, isso é bom. — Ela deu uma risadinha. — Sabe, eu sempre quis casar no outono.

— Tudo bem por mim. Escolha uma data em outubro e conte para todo mundo.

— Outubro deste ano?

— É — falei, pressionando meus lábios em sua pele e beijando seu corpo.

— Você quer dizer o outubro daqui a cinco meses?

— Sim.

— Você não acha que está perto demais?

— Você não quer se casar comigo? — perguntei, afastando a boca do seu corpo.

— Claro que quero. Mas...

— Mas nada. Você mesma disse dois minutos atrás que consegue planejar um casamento em vinte e quatro horas. Estou lhe dando cinco meses.

— Ótimo, vou olhar o calendário de manhã e escolher uma data em outubro.

— Agora que já concordamos com isso... — comecei, movendo nossos corpos para debaixo d'água para lavar todo o sabão. Em seguida, retomei a trilha com minha boca, sem parar até que Spencer estivesse quase sem equilíbrio.

Seis

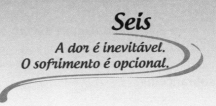

*A dor é inevitável.
O sofrimento é opcional.*

Cinco meses.

Cinco meses e Spencer finalmente seria minha esposa.

Desde que tivemos essa conversa, as coisas progrediram rapidamente, e, por mais estranho que parecesse, eu não estava assustado. Spencer tinha o meu coração na palma da mão, e, no fundo, eu sabia que ela não iria esmagá-lo.

Ela teve todas as chances, todas as razões para me deixar seis meses atrás, quando Christy a ameaçou. Novamente, ela teve todas as oportunidades e razões para me deixar dois meses atrás, quando Michael e Colin a sequestraram.

Mas ela não o fez.

Ela não me deixou e concordou em casar comigo. Casar *comigo*!

— Oi! — gritei, quando Becca entrou no meu escritório.

— E aí?

— Você falou com a Spencer hoje?

— Não. Por quê?

— O casamento é daqui a cinco meses.

— Sério? Quando?

— Não sei. Algum dia em outubro.

— Você não sabe? — questionou Becca, levantando uma sobrancelha.

— A Spencer vai escolher e depois me dizer. Falei para ela escolher uma data em outubro.

— Fico tão feliz por você! — ela disse, vindo na minha direção com os braços abertos.

Fiquei parado e a abracei de volta.

— Obrigado.

— Melhor começar a planejar essa lua de mel — aconselhou.

Ah, é. A lua de mel. Eu não me importava para onde a gente ia, mas sabia que não precisaria de muita roupa. Queria que fosse apenas eu e Spencer. Nada de Blake. Ou Jason e Becca. Nem Ryan e Max. Nada de se preocupar com Christy, Michael ou Colin. Eu queria que a gente escapasse de tudo e de todos.

— Quer me ajudar?

— Ai, meu Deus, achei que você nunca fosse perguntar!

— Você é igualzinha ao seu marido. Sabia disso?

— Isso é um elogio? — ela perguntou, sentando-se numa cadeira de frente para a minha mesa.

Eu ri.

— Não para ele. Jason meio que pode ser um pouco feminino. Ele adorou ir comigo escolher o anel de noivado da

Spencer.

— Você sabe que ele te daria uma surra se ouvisse você falar isso, né?

— Ele tentaria. — Sorri.

— Verdade. Certo, vamos pensar.

— Havaí?

— Talvez.

— Espera, não. Ela foi para o Havaí com o Travis um pouco antes de descobrir que ele a estava traindo.

— É, não. Havaí não, mas um dia você tem que levá-la de volta lá, porque o Havaí é lindo demais para não se amar.

— Vou levá-la, mas não para a nossa lua de mel.

Becca recostou-se na cadeira, divagando.

— Paris?

— Não é a cidade do amor, ou algo assim?

— Foi o que ouvi dizer.

— O problema com Paris é que eu estava esperando não ter que usar muita roupa na lua de mel — falei, dando um sorrisinho travesso.

Becca levantou uma mão para me parar.

— Já entendi. Mas eles têm praias de nudismo na França.

— Mulheres francesas peludas nuas na praia? Passo!

Eu sabia que as parisienses tinham um negócio sobre não se depilar, e, pessoalmente, não me importava, mas não precisava ver isso na minha lua de mel. Eu gostava que minha mulher — minha Spencer — era lisinha em todos os lugares certos.

Becca riu.

— Ok, então vamos ficar com algum lugar tropical.

— É, vamos — concordei, abrindo o Google para procurar um destino tropical que não fosse o Havaí.

— Hum...

— O quê?

— Já ouviu falar de um resort debaixo d'água?

Jason e eu fizemos uma oferta maior pelo armazém que queríamos comprar para abrir outra filial da Club 24. Tecnicamente falando, a gente podia pagar, mas o espaço não valia o preço que eles estavam pedindo, então, desistimos.

Agora estávamos buscando outra propriedade na área da Baía para expandir. Eu estava cansado de expandir em outras cidades. Seattle era longe o suficiente, e, dada toda a merda que aconteceu com os fantasmas do meu passado e do da Spencer, Jason viajara para Seattle para lidar com os problemas. Eu não tinha tempo. Spencer era minha prioridade, e não era justo com Jason, assim, a gente esperava conseguir encontrar um local por aqui mesmo.

Absorto pelos relatórios mensais, quase não ouvi a batida suave na porta do escritório. Ao olhar para cima, vi a chefe de Spencer, Skye, parada no corredor.

— Sra. McAdams...

— Skye, por favor — pediu, entrando no meu escritório com a mão estendida.

Apertei-a de volta.

— A que devo o prazer?

— Não precisa ser formal. Agora é uma boa hora? Vim com uma proposta de negócios.

— Ah é? — Proposta de negócios? Isso me pegou de surpresa.

— Posso? — perguntou, sinalizando uma cadeira em frente à minha mesa.

— Por favor — concordei, estendendo o braço, convidando-a a sentar.

— Na verdade, Spencer me contou que você é dono da sua franquia com uma outra pessoa?

— Sim, correto.

— Ele está livre também?

Liguei para Jason e ele veio ao meu escritório, sentando-se ao lado da Skye, depois de ser apresentado. Eu estava morrendo de vontade de saber que proposta de negócios ela tinha e por que queria fazer negócios com dois donos de academia.

— Em primeiro lugar, quero me certificar de que esta conversa vai ficar entre a gente. Por favor, não conte a Spencer — pediu Skye.

— Sim. — Balancei a cabeça em concordância. — Claro.

Ela suspirou e, então, começou.

— Eu iniciei a minha empresa, Better Keep Jogging Baby, quando perdi cinquenta quilos após decidir levantar a bunda do sofá e começar a correr. Pareceu que ia levar uma eternidade, mas aquela experiência mudou a minha vida, me fez sentir melhor com relação a mim mesma. Eu queria ajudar outras pessoas, então comecei o blog, e, antes que desse por mim, já não conseguia dar conta de todas as perguntas que surgiam e tive que contratar pessoas, e a BKJB se tornou o que é hoje.

"Bom, vou direto ao assunto. Meu namorado me pediu em casamento, e vou me mudar para fora do país. Eu pensei muito a respeito disso, e, muito embora a BKJB seja o meu filho, as pessoas crescem, mudam e desejam coisas diferentes na vida. Eu não quero mais gerenciar a BKJB, eu quero vendê-la."

Dizem que as coisas acontecem por uma razão. Eu achava que a razão pela qual a gente não conseguiu o armazém que queríamos comprar era porque havia outro melhor pra gente por aí. Eu não fazia ideia de que a razão era que a gente não estava destinado a expandir: a gente estava destinado a mudar.

— O que você acha? — perguntou Jason, quando caminhamos de volta para o meu escritório, após acompanharmos Skye até a porta da frente.

— Eu acho que... porra, eu acho que é perfeito.

O que Skye estava oferecendo iria nos permitir entrar no mundo virtual. Era uma forma de nossos clientes levarem o Club 24 com eles. Claro, eles poderiam assinar com a BKJB agora e ter toda a informação de que precisavam na ponta dos dedos, porém, combinar o Club 24 com a BKJB iria dar mais exposição às nossas academias físicas, e um dos benefícios seria permitir às pessoas irem às aulas quando estavam de férias ou quando não pudessem comparecer à academia, através de postagem ao vivo da aula.

— Concordo. Vamos falar com a Bec — falou Jason.

Queria ligar para Spencer e contar, mas prometi a Skye que não faria isso. Se o Club 24 comprasse a Better Keep Jogging Baby, Spencer se tornaria sua própria chefe quando nos casássemos.

64   Kimberly Knight

Sete

A dor é inevitável.
O sofrimento é opcional.

Dei as instruções para Blake assim que Ben e seu amigo, Vince, chegaram à minha casa para a nossa noite de pôquer semanal. Blake já conhecia Jay do trabalho; éramos apenas seis, incluindo Jason. Muito embora eu tivesse me mudado para quarenta e cinco minutos de distância da cidade, a gente ainda se revezava toda semana.

Eu não tinha certeza do porquê esses caras queriam gastar dinheiro com gasolina para vir para a minha casa, porque, no final da noite, seria mais do que apenas o dinheiro da gasolina. A única pessoa capaz de me derrotar no Texas Hold'em tinha sido a Spencer — naquela única vez.

Só de pensar naquela aposta já endurecia o meu pau. Muito embora Spencer tivesse vencido, ela me recompensara ao não usar calcinha na véspera de Ano Novo.

Spencer estava no andar de cima planejando o nosso casamento. Ela escolhera doze de outubro para a gente se casar, e eu mal podia esperar. No meio da nossa conversa por mensagens, quando ela me contou da data, pedi fotos dela nua, para me entreter durante o dia. Ela não as enviou.

— Alguém quer outra cerveja? — perguntou Blake.

Todos dissemos sim. Blake voltou com seis cervejas e seis doses.

— Ah, não — falou Jason. — Na última vez que tomamos cerveja e vodca, eu vomitei pela janela do meu carro.

— Não seja maricas — falou Blake.

— Concordo. Vou ficar só na cerveja — decidi.

— A gente tá em casa. Você pode tomar umas doses — continuou Blake.

Ben, Jay e o amigo de Ben, Vince, tomaram suas doses sem reclamar.

— Tenho que trabalhar amanhã — falei.

— Eu também tenho — insistiu Blake.

Jason e eu contratamos Blake para ele guardar dinheiro para se mudar. Eu não tinha certeza de como ele ia comprar um bar como queria, mas isso não era problema meu. Meu problema era tirá-lo da minha casa, de modo que eu e Spencer pudéssemos ficar sozinhos.

— É, é melhor você trabalhar, ou seu chefe pode despedir você — brinquei.

— Apenas tome a sua dose — falou Blake, pegando-a da área verde da mesa e entregando-a para mim.

A vodca queimou tudo enquanto descia pela minha garganta, e eu a acalmei com um gole de cerveja.

— Finalmente contei a Stacey que não vou voltar para casa — falou Blake.

— Finalmente? Você já sabia disso há semanas — comentei.

— É complicado — continuou Blake. — Na verdade, não quero falar sobre isso. — Blake se levantou e foi até a cozinha.

— Então, você vai ter mais trabalho para mim em breve? — perguntou Ben.

Olhei para Jason. Eu não podia dizer para Spencer, mas podíamos contar para outras pessoas que estávamos comprando a BKJB? Jason balançou a cabeça sutilmente, dizendo não.

— Não sei. A gente ainda está procurando um lugar — respondi.

— Avise-me o quanto antes, se puder. Eu e Allison estamos tentando ter um bebê — falou Ben.

Blake voltou com mais uma rodada de doses. Observei quando todo mundo tomou a sua e decidi que eu deveria me juntar ao grupo, e não ser um boiola.

— Parabéns, cara — falou Jason. — Eu me lembro desses dias.

— Não me entenda mal. Eu adoro o sexo e tal, mas, porra, eu tô cansado.

— Sei como é — falou Jason.

— Você precisa desenvolver a sua estamina, cara — disse Blake.

— Eu poderia te ajudar com isso — disse Jay. — Não tenho problemas em manter o nível com todas as mulheres que estou comendo.

— Jesus, quantas são? — perguntei.

Jay pensou por um momento.

— Se eu te disser, você promete não me demitir?

— Ai, meu Deus — Jason lamentou.

— Ai, merda, você está comendo as suas alunas? — perguntou Blake.

Eu não podia despedir o Jay por dormir com alunas, porque eu havia feito a mesma coisa com a Spencer. Muitas coisas podiam dar errado, principalmente porque, aparentemente, ele estava dormindo com diversas mulheres.

— É, não faça isso na academia. Faça isso no seu próprio horário — falei.

— Sem problemas — respondeu Jay. — Vejamos... tem a Callie, a Renee, a Barbie e a Teresa.

— Teresa? Teresa Robinson? — perguntou Jason.

— Aham. Ela mesma.

— Eu comeria ela — falou Blake.

— Bom, isso explica por que não tive que lidar com ela por algumas semanas — deduzi.

— Bom, e como ela está? — quis saber Blake.

Eu: Ainda estou pensando naquelas fotos...

Não tinha certeza de quantas cervejas eu havia tomado ou de quantas doses Blake me dera. Eu estava me divertindo e estava excitado pra cacete.

Spencer: Não vou mandar agora de jeito nenhum!

Eu: Por favor!

— Sua vez — Jason disse para Ben.

Spencer: Você é maluco. Não vou mandar fotos nua com você cercado por um bando de homens!

Olhei para o sete de merda e para o dois que Ben me dera e os joguei no meio da mesa, passando.

Eu: Eles não vão ver. Prometo.

Spencer: Hum... não. Por que não manda os rapazes para casa e sobe aqui?

Olhei para a contagem ridícula de cada um, comparando-as com o meu bolo.

Eu: Eles vão embora logo. Fale sacanagem comigo. ;)

Spencer: Você é doido!

Eu: Mal posso esperar para sua boca úmida chupar meu pau!

Ajustei-me debaixo da mesa.

— Pare de escrever putaria e jogue — Ben falou para mim.

Apostei minhas cartas e depois bisbilhotei meu celular para ler a resposta de Spencer.

Spencer: O que está acontecendo? Você nunca me mandou mensagens enquanto está no pôquer.

Sorrindo, escrevi de volta.

Spencer para sempre   69

Eu: Estou bêbado e quero foder você!

— Sério, vire as cartas ou saia. Eu tenho a porra de uma programação — falou Ben.

— Vá se ferrar — resmunguei.

Terminei minha aposta e voltei para as sacanagens com Spencer. Eu tinha que tirar o dinheiro desses putos, ou iria perder e eles saberiam que Spencer era minha kryptonita quando o assunto era pôquer.

Oito

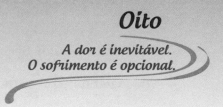

*A dor é inevitável.
O sofrimento é opcional.*

Senti uma mão me balançando, tentando me acordar. O movimento fez com que eu sentisse vontade de vomitar como se estivesse numa xícara giratória na porra de um parque de diversões.

— Amor, venha para a cama — pediu Spencer.

Resmunguei, abrindo um olho e dando-me conta de que ela estava tentando me acordar.

De novo não!

— Vou buscar água para você. Tente ir para a cama. Se não conseguir, eu te ajudo quando voltar.

Cama? Eu estava na... não, eu não estava na cama.

Não sei como cheguei no andar de cima, porém, acordar no chão do banheiro era... ruim. Minha cabeça doía, minhas costas doíam de ficar curvado como uma bola no chão duro e azulejado, e minha boca estava mais seca do que o Deserto de Mojave, em pleno julho, durante a onda de calor.

Tentei me levantar, mas o cômodo imediatamente começou a girar. Eu não sabia quando havia adormecido no chão do banheiro, mas antes, quando acordei na casa do Jason, parecia que eu tinha dormido mais, e o álcool estava quase fora do meu corpo. Dessa vez, parecia que eu não tinha dormido nada e caíra no buraco negro do arrependimento quando caí de cara no travesseiro.

— Aqui, amor — falou Spencer.

— Vou matar o Blake! — murmurei no travesseiro.

— Por quê?

Ela tinha rido?

— Ele ficava servindo as doses, eu estava ganhando e não prestava atenção. A próxima coisa que me lembro depois disso foi você me acordando no chão do banheiro.

Virei-me, e vi Spencer desaparecer no banheiro e voltar em seguida, trazendo algumas aspirinas.

— Obrigado, amor — falei.

— Então... a gente ainda vai ter a nossa massagem semanal hoje à noite?

Gemi. Não havia a menor possibilidade de eu ir para o trabalho.

— Acho que não.

Quanto mais o tempo passava, mais próxima ficava a data do julgamento. Tentei distrair Spencer com relação a isso, mas, se eu estava pensando sobre o assunto, ela estava também.

Assim que viramos a página de junho do nosso calendário na cozinha, vi a fachada de Spencer tomar conta. A fachada que ela mantinha toda vez que lutava para superar o que Christy,

Michael e Colin fizeram.

Senti como se Spencer tivesse acabado de deixar sua máscara de lado, apenas para colocá-la de volta por causa da situação que a gente sentia como se não terminasse nunca. Não sabíamos como o júri iria encarar as coisas que aconteceram. A gente não sabia se algum daqueles babacas ia ser condenado. Eles estavam na prisão, porém, se não fossem condenados, seriam libertados. Só queríamos que esse pesadelo terminasse.

O que eu sabia era que, independentemente do que acontecesse ou de qual fosse o veredito, eu iria apoiar Spencer. Eu iria apoiá-la para sempre.

Eu mal podia esperar para chegarmos em Tahoe para o feriado prolongado do Quatro de Julho. Eu queria que Spencer relaxasse, esquecesse do julgamento por vir e apenas se divertisse.

O advogado de Christy estava tentando uma alegação de insanidade mental, e, embora todos nós concordássemos que ela era maluca, eu não queria que ela se safasse assim, tão facilmente. Durante meses, ela tentou arruinar a minha vida. Se Spencer não fosse tão forte, teria me deixado — eu não tinha a menor dúvida.

— Sabe, Ryan, fico feliz que seu marido não tenha podido vir — disse Blake, enquanto dirigíamos para Tahoe.

Max não pudera vir por causa do trabalho, mas ainda éramos um grupo de seis, já que o Blake tinha vindo. A gente nunca tinha viajado em grupo, mas eu sabia que todos nós tínhamos como compromisso manter a Spencer ocupada e sem pensar no julgamento iminente.

— Blake! — gritou Spencer, virando para o banco de trás,

onde Blake e Ryan estavam sentados.

Olhei para Blake pelo espelho retrovisor.

— Que foi? — ele perguntou, sorrindo para Ryan.

— Pare. Apenas pare — respondeu Spencer.

Meus olhos se voltaram para Ryan, e ela estava abrindo um sorriso.

Ai, Deus!

— O que é isso que eu ouvi, de você e Ryan ficaram acordados a noite inteira? — questionei, enquadrando Blake.

— Não é o que você está pensando — ele falou, colocando uma garrafa de rum Captain Morgan no cesto de compras.

— E o que você acha que eu estou pensando?

Os olhos de Jason iam de mim para o meu irmão, provavelmente esperando que começasse a briga. De todas as mulheres, Blake estava dando em cima da Ryan, a melhor amiga de Spencer, que acabara de se casar.

— Falamos sobre a Stacey e o Max a noite inteira. Nada mais.

— Nada mais? — quis saber Jason.

— Não — respondeu Blake, balançando a cabeça. — Quero dizer, não me entenda mal, eu daria mole pra ela. Mas sei que ela é casada. Ela quer ter um filho, e não vou me meter nisso. Eu tenho meus próprios problemas.

— Você estava flertando com ela ontem — falei.

— Era um flerte inofensivo. — Blake colocou alguns engradados de cerveja no carrinho, e Jason, um de limonada. — Toda mulher gosta de ser paquerada. Ela parecia arrasada porque o marido não pôde vir.

— Então, que Deus me ajude, porque, se você foder com tudo, você vai pra rua. Eu te coloco em um avião de volta para Houston rapidinho!

— Acalme-se. Nada vai acontecer — falou Blake, alcançando uma garrafa de vodca.

Minha boca salivou e não de uma forma prazerosa. Eu e a vodca não éramos mais amigos.

76   Kimberly Knight

Nove

*A dor é inevitável.
O sofrimento é opcional.*

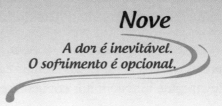

Como alguém se prepara para entrar em um tribunal e encarar as pessoas que tentaram arrancar o mundo dele?

A resposta é: não dá.

Passei todas as possibilidades na minha cabeça. Tentei dizer a mim mesmo que o sistema judicial iria tomar a decisão certa. E, tal como Spencer, minha fachada estava levantada.

Fiquei dizendo para Spencer que daria tudo certo, que Christy, Michael e Colin teriam o que merecem, mas... e se eu estivesse errado?

A gente tinha um caso sólido, mas e se?

Nossos amigos nos encontraram no tribunal, e, alguns minutos antes que o relógio marcasse nove horas, nós entramos. A mão de Spencer apertou a minha, e eu sabia que tinha que ser forte por ela. Se lidar com essa merda toda era difícil para mim, eu sabia que era um milhão de vezes pior para Spencer.

Ela não pediu para ter que brigar com alguém com uma faca. Ela não pediu para ser sequestrada e que apontassem uma arma para ela. O que ela havia pedido foi para encontrar o amor, e eu a amava com tudo de mim.

— Estou ao seu lado, amor, você consegue fazer isso —

sussurrei no seu ouvido, conduzindo-nos para um banco na primeira fileira do lado direito do tribunal.

Se as coisas não dessem certo como esperávamos e precisávamos, eu não iria hesitar em levar a Spencer para algum lugar onde ninguém nos conhecesse.

Eu sabia que nossas famílias e amigos entenderiam. Spencer não poderia mais viver com medo, e, se isso significasse mudar os nossos nomes e irmos para o México, era isso que faríamos.

Era radical, mas Spencer era o meu para sempre, e eu não ia deixar ninguém tirá-la de mim.

No momento em que vi Christy, Michael e Colin entrarem no tribunal algemados, meu corpo se retesou e meu queixou travou com tanta força, que doeu.

Eu ainda não entendia como alguém podia manter rancor por tanto tempo e comprometer a vida deles para sempre ao serem presos. Michael podia tranquilamente ter seguido em frente com a vida dele. Sim, seu negócio estava falindo, mas você segue adiante com outra coisa — e não com extorsão.

Colin... eu não conheci o puto pelo Adam, mas como alguém podia levar isso adiante e querer agredir fisicamente as pessoas? Ah, claro: dinheiro. Dinheiro e amor fazem as pessoas fazerem merda.

Christy deixara seu coração tomar as decisões, e não a cabeça. No fundo, eu sabia que ela não era uma má pessoa. A gente se divertiu juntos no começo e não apenas na cama... definitivamente não na cama; aquilo lá era entediante mesmo que me excitasse.

Não era para acontecer. Ela estava lá apenas para preencher

uma lacuna até eu conhecer a Spencer.

Depois que me apaixonei pela Spencer, eu soube que havia uma alma gêmea para todo mundo. Christy poderia ter seguido em frente e encontrado a dela.

Porém, ao contrário, ela provavelmente nunca terá esta chance. No dia que ela sair da prisão, essa pessoa poderá pensar que outra pessoa é a alma gêmea dela, ou ela pode estar tão fodida por ter estado na prisão que poderá nunca mais amar novamente.

Eu não conseguia focar neles. Eu queria ir até eles, com os punhos no ar, mas não era isso que Spencer precisava. Então, ao invés disso, controlei a raiva e cuidei da minha garota.

— Todos em pé — anunciou o oficial de justiça.

Ver Spencer contar no tribunal o que havia acontecido em todas as vezes que a sua vida estivera em perigo aos poucos arrancava o coração do meu peito. Nenhum de nós queria reviver aquilo, e, não importava o que havia acontecido, esta era a última vez que Spencer iria reviver esse passado. Eu me certificaria disso.

Quando ela me disse como todo mundo estava ligado a mim, eu quis gritar. Como poderia viver sabendo que eu era a causa da vida de Spencer ter ficado em perigo não uma, mas duas vezes?

— Vai ficar tudo bem — Becca sussurrou na minha orelha, do banco de trás.

Não virei a cabeça para olhá-la. Eu não poderia. Só conseguia focar na Spencer e no meu arrependimento.

— Sei que você ainda está se martirizando, B, mas não é sua culpa.

Era como se Becca tivesse poderes para ler mentes. Todo mundo me dizia que não era culpa minha, e eu tentava acreditar. Realmente tentei. Mas era o meu passado. Por que eles não podiam ter tentado matar ou sequestrar a mim?

— Pare de pensar no passado. Você precisa focar no futuro, porque o seu passado não define o seu futuro. As pessoas tomam decisões ruins; é a forma como elas superam que as define.

Becca tinha razão. Eu não era a mesma pessoa que era antes de conhecer a Spencer. Antes da Spencer, eu estava arrasado. Sim, eu queria encontrar o amor — o que Becca e Jason tinham —, mas tomei decisões erradas com relação a Christy. Eu nunca deveria ter saído com ela por tanto tempo. No momento que soube que ela era apenas alguém para usar, eu deveria ter ido embora.

Se tivesse ido embora, Michael e Colin não teriam sabido da Christy. Eles não teriam conseguido fazê-la tentar matar Spencer... mas eles provavelmente ainda a teriam sequestrado.

Não havia como contornar o que Michael e Colin fizeram. Não sei como Michael guardou rancor por tanto tempo. Eu era um garoto quando aparentemente arruinei a vida dele. Eu lutei todos os dias para conseguir andar novamente, e não ia deixá-lo controlar a minha vida novamente.

Fiz que sim com a cabeça, sinalizando para Becca que a tinha escutado, e passei a mão pela minha tatuagem: *A dor é inevitável. O sofrimento é opcional.*

Eu não ia mais deixar o meu passado controlar o meu futuro. Eu não ia mais sofrer.

— Vou fazer alguns sanduíches enquanto esperamos. Quem sabe, talvez o júri esteja pronto depois do almoço. Não vamos querer estar com fome — Becca disse, esfregando a barriga que já crescia. — Além disso, Jason Jr. está com fome.

Jason Jr. está com fome? Encarei meus melhores amigos. Eles não me disseram que iam ter um menino.

— Você vai ter um menino? — perguntou Ryan.

— Não, ainda não sabemos. Nós só esperamos que seja um menino — Becca explicou, beijando Jason.

Becca voltou com os sanduíches. Observei que Spencer não os tocou e começou a andar pela sala, olhando pela janela, perdida em pensamentos.

— Amor, venha aqui — pedi, sinalizando para que ela viesse se sentar ao meu lado e comer.

— Não consigo — respondeu, sem parar de andar.

— Por favor? — insisti.

Ela parou de caminhar e se sentou ao meu lado no sofá, sem pegar um sanduíche para comer. Eu mal tinha apetite, por isso entendia o que ela estava passando. Não forcei a barra. Ao invés disso, abracei-a junto a mim, passando meus dedos para cima e para baixo pelo seu braço. Ela relaxou instantaneamente, e, justo quando começou a cair no sono, meu telefone tocou.

— Alô? — atendi.

— Olá, Brandon. Saiu o veredito — disse Kimberly, a

assistente do promotor.

— Mesmo? Certo, estamos indo.

— E então? — quis saber Jason.

— Eles já têm o veredito.

Dez

*A dor é inevitável.
O sofrimento é opcional.*

Ouvir o primeiro jurado ler todos os veredictos de culpa foi como música para os meus ouvidos. Nós celebramos naquela noite — um pouco além da conta. Blake mais uma vez fez uso das suas habilidades de barman. Para minha sorte, eu não acordei no chão do banheiro, reverenciando o rei da porcelana e seu trono.

Christy foi condenada a internação em um hospital psiquiátrico até que os médicos julgassem a sanidade dela. Colin foi condenado a cinco anos na prisão e Michael recebeu quinze.

Eu não tinha certeza se alguma dessas sentenças valia a pena, mas me deu pelo menos cinco anos para me preparar para mais. Eu não estava mais preocupado com a Christy.

Se um médico a avaliasse como sã, então eu aceitaria meus riscos e esperaria que ela ficasse longe de mim. Talvez ainda houvesse esperança para ela encontrar alguém que a fizesse feliz.

Eu tinha outras coisas no que pensar, por exemplo, em por que a Spencer estava me acordando no meio da noite.

— Acorde.

— O quê... o que aconteceu? — murmurei, ainda meio adormecido.

— Nada. Quero dar meu presente de aniversário para você — disse Spencer, beijando meu peito nu.

Meus olhos se abriram imediatamente. Eu queria mais aniversários se isso significasse Spencer me acordar para fazer sexo.

— Oh — falei, virando-me para me deitar de costas, pronto para Spencer me dar prazer.

— Tenho que acender a luz.

— Por quê? Não preciso de luz para ver onde vou enfiar — falei, rindo e passando minha mão por debaixo da camisa dela.

— Não é esse o seu presente de aniversário — respondeu ela, dando um tapinha na minha mão.

Mas que porra?

— O quê? Por que não? — questionei, parecendo uma criança que acabou de ter seus sonhos arrasados... espere, eles foram arrasados.

— Bem, quer dizer, sim. É seu aniversário e tudo mais, mas isso não é o seu presente.

Soltei um suspiro de alívio e olhei para o relógio, que marcava meia-noite e dois. Eu estava completamente desperto, e era oficialmente meu aniversário. A gente ia transar.

Spencer acendeu a luz do abajur na mesa de cabeceira. A luminosidade brilhante me incomodou por um momento, e então o seu rosto lindo ficou em foco. Spencer pegou a bainha da blusa dela... *era disso que eu estava falando!*

— Hum, tenho certeza de que é assim que o sexo começa — falei, observando-a enquanto ela jogava a camisa no chão.

— Verdade, mas tenho que tirar minha camisa para mostrar

o presente para você, aniversariante.

— Certo...

Não fazia ideia do que poderia ser o meu presente. Se não era sexo e Spencer estava tirando a roupa... que porra poderia ser?

Ela se moveu rapidamente para mais perto e estendeu seu pulso esquerdo.

— Eu fiz isso hoje — declarou, apontando para seu pulso.

Um sorriso se espalhou pelo meu rosto.

— Você fez uma tatuagem? — duvidei, sentando-me e pegando seu pulso para olhar mais de perto.

A tatuagem era o símbolo do infinito com as nossas iniciais: B e S entrelaçados na parte de baixo. Em vez do sinal tipográfico, um coração vermelho separava o B e o S.

— Sei que pode ser um pouco tolo da minha parte fazer uma tatuagem no meu corpo para o seu aniversário...

— Eu adorei — falei, cortando-a a beijando seu pulso. — É o símbolo do infinito, não é?

— É, sim.

— É perfeita, como você — falei, beijando todo o seu braço.

Agora era hora do meu outro presente.

Eu e meus amigos viajamos para Napa para o meu aniversário. Eu não fazia ideia disso. Achei que a gente só ia jantar depois que voltamos do nosso passeio de bicicleta, mas, ao invés disso, uma limusine veio nos buscar e levou nós sete para Napa.

Novamente, Blake bancou o barman e me embebedou pra caramba. Eu quis explicar para Spencer que era mais do que apenas porque era meu aniversário. O Club 24 havia comprado oficialmente a Better Keep Jogging Baby, mas eu havia prometido a Skye que não iria contar para até que se aproximasse o último dia dela.

Spencer não sabia, mas eu era o chefe dela. Eu e Skye concordamos que ela ficaria até que Spencer estivesse de volta da nossa lua de mel. Eu planejava contar durante a viagem que ela era oficialmente a CEO da BKJB.

Spencer tinha todos os planejamentos do casamento sob controle. Eu apenas peguei o meu terno e os dos rapazes, provei o bolo, ajudei a Spencer a decidir o menu e concordei com a escolha sobre as flores de mesa — como se eu fosse ficar olhando para os arranjos de mesa. Eu não ficaria olhando para nada que não fosse Spencer.

Uma semana antes do chá de panela dela, recebi uma mensagem da Ryan.

Ryan: *Vou te mandar um e-mail com perguntas que preciso que você responda para o chá da Spencer.*

Eu não tinha ideia de o que a Ryan estava falando. Spencer ia ter o chá de panela na sala de eventos no andar de cima do Club 24, dali a alguns dias. Por que eu tinha que responder a perguntas?

Eu: Ok, mas pra que isso?

Ryan: *Um jogo, dã! Não conte pra Spencer.*

Mulheres e seus joguinhos. Nós, homens, só queríamos beber e jogar conversa fora. As mulheres precisavam de uma tarde inteira cheia de jogos e prêmios, como se as pessoas não fossem aparecer caso não houvesse nenhum jogo.

Balancei a cabeça e mandei uma mensagem para Ryan com meu e-mail. Na mesma hora, vi um e-mail dela, então, eu o respondi, e a todas as perguntas.

Ryan,

Não se preocupe, não vou contar para a Spencer. Eu realmente gostaria de ser uma mosquinha na parede para vê-la responder a estas perguntas. Certifique-se de gravar tudo para mim!

Brandon

Pergunta um: Qual é o seu nome do meio?

Lucas.

Pergunta dois: Qual é a sua cor favorita?

Verde.

Pergunta três: Qual a sua estação do ano favorita?

Outono... porque a Spencer me disse que ela sempre quis se casar no outono, e eu mal posso esperar pelo 12 de outubro.

Pergunta quatro: Com qual animal você compararia a Spencer?

Fiquei encarando a pergunta durante algum tempo. Eu

não fazia ideia de com qual animal eu compararia a Spencer. Um gato? Um tigre? Um pássaro? Então a imagem de eu comendo a Spencer surgiu na minha cabeça — como acontecia quase a cada segundo do dia.

Coelho, porque a gente fode como coelhos.

Pergunta cinco: Qual foi o primeiro restaurante ao qual vocês foram juntos?

Sorri, lembrando-me do nosso primeiro encontro. A gente tinha progredido muito desde aquele dia. Parece loucura, mas, pensando agora, tenho certeza de que eu a amava já naquela época.

Scoma's, em Sausalito.

Pergunta seis: Qual a sua comida favorita?

Churrasco de costelas.

Pergunta sete: Qual a sua bebida favorita?

Cerveja. Especificamente Blue Moon.

Pergunta oito: Onde foi o primeiro beijo de vocês?

Sorri novamente, lembrando-me de correr na chuva, e de a Spencer tomar a iniciativa. Eu ia ser o cavalheiro perfeito naquela noite: levá-la para jantar e acompanhá-la de volta para casa. Eu não me dei conta de que iria satisfazê-la novamente, dessa vez, com meus dedos, enquanto a chuva caía em meu carro.

Spencer e eu demos o nosso primeiro beijo no meu carro depois de corrermos debaixo de uma chuva torrencial em nosso primeiro encontro. Ela me beijou primeiro e não conseguimos nos manter afastados um do outro desde esse dia.

Pergunta nove: Samba-canção ou cueca?

Samba-canção.

Pergunta dez: Uma coisa que você não poderia passar um dia sem?

Spencer.

A pergunta disparou minha lembrança de Christy, Michael e Colin. Desde o julgamento, eu não havia pensado neles, mas pensar em ficar sem Spencer causou uma dor no meu peito.

Afastei a lembrança e segui para as próximas perguntas.

Pergunta onze: Qual característica você mais gosta em Spencer?

Pensei por um momento. Fisicamente, eu adorava tudo em Spencer, especialmente as pernas dela. A imagem das pernas dela em um vestido deixou o meu pau em alerta, mas havia mais em Spencer do que apenas a sua beleza.

Sua lealdade comigo e com os amigos dela.

Pergunta doze: Qual o seu apelido carinhoso para ela?

Amor ou amorzinho.

Pergunta treze: Quando você soube que você queria casar com a Spencer?

Eu soube que queria casar com a Spencer no momento em que a vi correndo na esteira na academia. Você pode até perguntar pro Jason. Eu vi a Spencer, e, quando me afastei do Jason, falei para ele que iria casar com ela.

Depois de sorrir rapidamente como um idiota, respondi às duas últimas questões, que me fizeram querer ligar pra Spencer e pedir para que ela me trouxesse o *almoço*.

Pergunta quatorze: Qual é a posição favorita de Spencer na cama?

Cachorrinho.

Pergunta quinze: Qual é a sua posição favorita na cama?

Cowgirl invertida.

$$\text{Ж}$$

— Você se divertiu no seu chá de panela? — perguntei à Spencer, engatinhando para a cama.

— Sim, você também vai curtir algumas das coisas que ganhei — respondeu, sorrindo.

— Ah, é?

— Aham, mas eu não posso te mostrar até a nossa noite de núpcias e nossa lua de mel.

— Bom, você pode me mostrar o que a gente vai *fazer* com esses presentes?

— Eu poderia... — Ela sorriu, depois subiu em cima de mim. — Ah! Isso me lembra, eu vi Jay e Teresa hoje.

— Quando você estava na academia? — perguntei, passando as mãos pelas suas costas, por debaixo da sua blusa.

— É, Teresa estava saindo do vestiário e, dez minutos depois, Jay saiu de lá.

Eu falei para o Jay não foder com nenhuma cliente na academia, por inúmeras razões. Uma delas era para que as outras mulheres dele não o visse. Outra razão era que eu não queria que outros funcionários fizessem o mesmo. Eu não precisava de nenhuma cena. Eu gerenciava um negócio, não uma fraternidade.

— Não vamos pensar neles. Vou lidar com isso na segunda-feira — concluí, tirando a camisa da Spencer.

92   Kimberly Knight

Onze

A dor é inevitável.
O sofrimento é opcional.

O fato de Jay ter me desrespeitado me colocou numa posição difícil. Jay era mais do que um funcionário; era meu amigo. Eu não podia demiti-lo, e colocá-lo em observação iria interferir com seus alunos e treinos. Porém, ser chefe significa dar o exemplo, então o coloquei em observação por uma semana sem pagamento, e, em vez de dizer aos seus alunos que ele tinha pisado na bola, ele falou que tinha uma emergência familiar a qual precisava comparecer.

Eu sinceramente não me importava com o que ele fazia no seu tempo livre, e, já que ele havia cedido à Teresa, ela não estava mais na minha cola e havia desistido da ideia de que eu também iria dormir com ela.

— Ei, tem um minuto? — perguntou Blake, entrando no meu escritório, com Jason atrás.

— Sim, o que foi?

— Blake pediu uma reunião — falou Jason.

Eu ri. Blake pediu uma reunião? Ele era apenas um funcionário temporário.

— Certo. — Gesticulei para que os dois se sentassem.

— Bom, vocês sabem o quanto quero abrir meu próprio bar — começou Blake.

Spencer para sempre   93

— Não vou te dar nenhum dinheiro — anunciei.

— Nem eu — concordou Jason.

— Não — ele falou, balançando a cabeça —, não é isso que eu quero.

— Tá, vou acreditar. O que você quer? — perguntei.

Esperei que Blake respondesse, pensando em como há apenas seis meses ele estava morando com nossos pais e não se importava com o seu futuro. No curto espaço de tempo que tinha morado comigo, ele havia decidido que queria se tornar alguém.

— Toda vez que saio do vestiário, vejo o espaço vazio que a gente aluga para eventos. Desde que cheguei, só vi isso acontecer algumas vezes. Eu acho que é um desperdício de espaço.

Blake tinha razão. O espaço estava sendo desperdiçado e não era algo que a gente precisava para fechar as contas do mês. Só era legal ter algumas opções para os nossos clientes, porque a gente realmente queria que eles vissem o Club 24 como um spa diário ou um lugar que pudessem vir todos os dias para tornar a vida deles melhor.

Com o passar dos anos, conheci muitos alunos que disseram que tentaram outras academias e haviam parado de ir porque só a ideia de correr numa esteira por trinta minutos já os fazia querer desistir.

Ter um lugar para eles irem e correrem na esteira, relaxarem com uma massagem e talvez jantarem era mais do que um empurrãozinho para ao menos os fazerem chegar até a porta. Uma vez que estivessem na porta, era mais difícil encurtarem o treino e irem embora.

— Eu não diria exatamente isso — falou Jason.

— Bom, me ouça. E se eu transformasse o espaço em uma boate?

— Quê? — eu e Jason perguntamos em uníssono.

— Nós já abrimos vinte e quatro horas por dia. Se a gente tivesse uma boate, as pessoas poderiam vir depois do trabalho, malhar, usar os vestiários para se arrumarem e depois dançar a noite inteira.

— Não sei não — falei, respirando fundo para pensar.

— Pensei bastante nisso. A gente podia ter uma entrada separada para os não-clientes e comercializá-la como uma opção para queimar mais calorias.

— Queimar mais calorias até eles beberem todos aqueles drinques açucarados — falou Jason.

— Certo. Só estou jogando umas ideias aqui. Acho que é uma boa forma de fazer mais dinheiro. Se funcionar, a gente podia abrir uma em cada filial — falou Blake.

— E *você* quer ficar responsável por isso? — perguntei.

— Sim — Blake afirmou.

Eu não tinha certeza se Blake estava pronto para supervisionar o gerenciamento de um negócio, especialmente o meu negócio. Quando ele disse que queria abrir um bar, eu não me importei. Era o dinheiro dele, o crédito dele, a dívida dele que ele teria que lidar.

Combinar o que ele queria fazer com o que a gente já tinha poderia tanto funcionar como ele estava dizendo ou poderia prejudicar o que eu e Jason havíamos dado tão duro durante anos para construir.

— Eu e Jason vamos precisar discutir isso.

— Claro.

— Se a gente concordar e Becca disser sim, ainda há mais um proprietário — falei.

— Quem? — quis saber Blake, olhando de mim para Jason.

— Spencer.

— Spencer?

— É, assim que a gente se casar, ela vai ter direito a vinte e cinco por cento.

— Ah. Tudo bem.

— Você a convence e eu concordarei com tudo — eu disse.

— Não vejo como isso pode ser tão difícil — falou Blake.

— O problema é que, uma vez que estivermos casados, ela não só será dona de vinte e cinco por cento do Club 24, mas também será dona da BKJB.

— O quê? — exclamou Blake.

— A gente a comprou e a Spencer não sabe ainda. Se o seu plano sair pela culatra e, de alguma forma, a gente perder o Club 24, você não só prejudica aquilo pelo que a gente batalhou tanto, mas também vai prejudicar a empresa pela qual a Spencer lutou tanto. Você sabe que ela ama a BKJB.

Quanto mais eu pensava na Spencer tendo a sua despedida de solteira, mais eu desejava estar lá. Eu não achava que ela fosse me trair; meu medo era que algo acontecesse, como foi na despedida da Ryan.

Michael e Colin estavam na prisão, mas ainda havia o temor de que algo poderia acontecer. Ryan me contou que elas iriam para um clube de comédia, e nada iria dar errado. Mas muita coisa podia acontecer em um clube.

Alguém poderia colocar alguma coisa na bebida da Spencer. Alguém poderia segui-la até o banheiro e sequestrá-la novamente. Alguém poderia atirar no local.

Normalmente, eu não pensaria duas vezes sobre isso, porém, dado o que aconteceu no passado, eu tinha medo de perdê-la.

— Não vou perdê-la de vista — garantiu Becca.

— Você acha que uma mulher grávida de cinco meses pode afugentar um agressor?

— Não, mas estarei sóbria e irei com ela para todos os lugares.

Eu não me importava que meus amigos estivessem desapontados com o fato de eu não estar a fim de ir a uma boate de strip ou até mesmo para sair e beber. Eu precisava ficar alerta caso recebesse outro telefonema de Becca dizendo que algo tinha acontecido.

Então, em vez de recriar a despedida de solteiro do Max,

nós passamos a noite na casa do Jason, jogando pôquer, fazendo churrasco e nos mantendo sóbrios.

A vida de Spencer significava mais para mim do que uma estranha qualquer esfregando a bunda em mim.

Por sorte, tudo correu como o planejado, e logo Spencer seria minha esposa.

Doze

A dor é inevitável.
O sofrimento é opcional.

Não conseguia acreditar que em dois dias Spencer se tornaria minha esposa.

Eu estava nervoso.

Não com relação a me casar e viver com a Spencer para sempre. Eu estava nervoso com relação a dar a ela o meu presente de casamento.

Há quatro meses, eu vinha guardando segredo da Spencer. Foi difícil. Não conseguia mais aguentar. Falei para a Skye que iria esperar até que eu e Spencer estivéssemos na lua de mel, mas eu não conseguiria esperar mais três dias.

Spencer já tinha pedido licença do trabalho para desestressar e deixar tudo pronto para a cerimônia, então eu não estava nervoso com ela descobrir o segredo ou torná-lo desconfortável para a Skye.

Eu não podia simplesmente contar que ela estava prestes a ser dona de uma empresa milionária. Eu queria fazer algo especial, e esperava que Spencer não achasse que eu estava comprando o amor dela.

Comprar a BKJB foi um passo grande — não só para a Spencer, mas para o Club 24. Eu, Jason e Becca mal podíamos esperar para lhe contar, para que a gente pudesse começar a fazer a promoção cruzada.

Liguei para o Scoma's e fiz uma reserva, solicitando a mesa em que ficamos no nosso primeiro encontro. Eu queria recriar aquela noite, e, se tivesse tido essa ideia antes, teria feito com que a gente fosse para Vegas, e dançaria com ela no Lavo, porque foi onde tudo começou.

— Pelo menos o tempo está melhor desta vez — falou Spencer, tomando ruidosamente uma colherada da sopa de mariscos.

— É, mas fico feliz que tenha chovido naquela noite — respondi, dando uma piscadinha para ela.

Cara, aquela noite foi boa!

— Eu também. — Ela ficou vermelha, certamente se lembrando do que aconteceu depois do jantar, no meu carro.

— Eu não conheço a etiqueta adequada, mas estou com o seu presente de casamento, e quero dar para você agora, e não esperar até a nossa noite de núpcias.

A espera estava me matando e eu mal conseguia esperar para ver a cara dela — com sorte, com um sorriso.

— Oh, está bem — ela respondeu. — Eu posso dar o seu quando chegarmos em casa, ou esperar até caminharmos até o altar, como planejei.

— Vou dar o meu agora, depois você dá o seu. Não mude seu plano. Mas estou intrigado com o que é, já que não vou conseguir ver o presente até um pouco antes de te ver a caminho do altar.

— Vou esperar. Eu quero esperar.

— Certo. Aqui — falei, pegando de dentro do bolso da minha jaqueta, que estava pendurada no espaldar da cadeira, um envelope de papel manilha.

— Um acordo pré-nupcial? — perguntou, com uma sobrancelha levantada.

— Deus, não, Spencer. Nós falamos sobre isso. Não quero assinar um acordo. Você faz parte da família do Club 24 agora e será sempre desse jeito, não importa o quê. Além disso, não quero dizer que nosso casamento acabou antes mesmo de começar.

— Eu sei. — Ela sorriu. — Eu também não, mas não quero que você pense que sou uma alpinista social.

— Amor, sei que você não é uma alpinista social e é isso que importa. Você nunca pede nada e, como sempre digo, não me importo com o que as pessoas pensam. Só nós conhecemos o nosso relacionamento — e ninguém mais.

— Tudo bem, então me dê! — pediu, estendendo a mão para o envelope.

Entreguei-lhe o envelope, e a sensação era de que tudo estava em câmera lenta. Eu estava nervoso, as palmas das minhas mãos suavam, e eu sentia como se não conseguisse respirar.

— O que é isso? — ela perguntou, ao puxar o acordo do envelope e começar a lê-lo.

— O que está escrito?

— Está escrito que é um acordo do comprador.

— Continue a ler.

— Você comprou a BKJB? — duvidou, e seus olhos se arregalaram ao voltarem a olhar me novamente.

— Na verdade, o Club 24, a LLC comprou a BKJB.

— Eu não... como assim?

— Você se lembra do dia em que veio para o meu escritório para "almoçar"? — perguntei, fazendo aspas na palavra almoço.

— Bem, dã — ela respondeu, corando.

Hummm, aquele foi um almoço gostoso!

— Não sei se você estava prestando atenção ao meu telefonema...

— Bom, na verdade, não — disse, me cortando.

Ri com ela e continuei em seguida.

— Estou surpreso que *eu* estivesse prestando atenção. De qualquer forma, Paul, Jason e meu corretor não conseguiram encontrar um prédio para a expansão. Os proprietários estavam pedindo muito dinheiro. Ainda queríamos expandir, e Skye se encontrou com a gente algumas semanas depois, me contou que estava querendo vender o negócio e perguntou se nos interessava.

— É mesmo?

— Pois é. Sei o quanto você ama seu trabalho e eu ajudo o seu segmento diariamente, de todo modo, então é como se eu também trabalhasse lá.

— Por que a Skye quer vender o negócio dela? A BKJB é o bebê dela.

— Você sabia que ela também vai se casar?

— Como? Não!

— Acho que ela está esperando para fazer o anúncio, quando eu der a BKJB para você.

— Espere. Vá devagar. Você está *me* dando a BKJB?

— Estou... bem, como eu disse, ela é parte da LLC, mas, quando nos casarmos, você terá vinte e cinco por cento, de qualquer modo. Queremos colocar você como sócia.

Spencer ficou quieta por um momento.

— Certo, certo, vamos voltar — falou, recostando-se na cadeira. — Por que o casamento de Skye faria ela querer vender a BKJB?

— Imagino que seja um cara rico e ela não precise mais trabalhar. Ela disse que quer ser uma dona de casa como em uma dessas séries que você assiste.

— Oh, Senhor, eu só consigo pensar em *Real Housewives of San Francisco* ou *The Bay Area*.

Eu não quis contar para a Spencer que a Skye, na verdade, estava mudando para fora do país. Skye poderia contar para ela todos os detalhes, se quisesse.

— De qualquer forma, ela sabe o quanto você ama a empresa e pensou que seria bom para você ser a proprietária e a chefe.

— Certo...

— Conversei com Jason e Becca e eles adoraram a ideia. Nós

temos feito *brainstorming* e definimos umas coisas que queremos transmitir para você sobre a expansão e sobre envolver Becca e as suas habilidades.

— As habilidades dela em fotografia?

— Sim.

— Quais são?

— Vamos discutir isso na nossa próxima reunião de conselho.

— Tudo bem, quando é isso?

— Quando voltarmos da nossa lua de mel.

— Falando nisso, para onde vamos?

Eu ri. Há semanas, Spencer vinha tentando me enganar e fazer com que eu dissesse aonde vamos. Falei que colocasse pouca coisa na mala porque ficaríamos pelados a maior parte do tempo e também para que levasse um maiô.

O resort debaixo d'água era perfeito, e eu queria surpreendê-la. Eu nunca mantive tantos segredos dela, mas estes eram especiais.

— Boa tentativa, Spence.

— Só me dê uma dica.

— Eu já disse para levar um maiô; nós vamos nadar.

— Me dê *outra* dica.

— Amor, você pode esperar três dias para descobrir. Você está me fazendo esperar dois dias pelo meu presente de casamento.

— É diferente.

— Tudo bem, a última dica que vou dar é para levar protetor solar — falei, sorrindo.

Ela bufou e jogou o guardanapo em mim.

— Você é uma gracinha quando fica com raiva — disse, rindo e alcançando-a para lhe dar um beijo.

)X(

— Ainda estou confusa — falou Spencer, assim que paramos na entrada da garagem.

— Sobre o quê?

— Skye ainda está na BKJB, mas você já é o proprietário?

— Nós somos os proprietários. Resolvemos que ela ainda cuidaria de tudo até voltarmos da lua de mel. Ninguém deve saber até você fazer uma reunião com os funcionários.

— Oh.

— Pensei que você fosse ficar entusiasmada. Achei que era o que você queria — confessei, abrindo a porta da garagem que levava à nossa casa.

— Eu estou. Ainda estou em choque. Não posso acreditar que vou ser *a* chefe. Também me sinto esquisita sobre isso, já que não comprei a empresa com meu dinheiro.

— Não tem a ver com dinheiro, Spencer. Você quer que eu seja o chefe e você trabalha para mim? Isso faria você se sentir melhor?

Spencer para sempre   105

— Eu... não. Agora entendi. Como vamos nos casar sem acordo pré-nupcial, sou a dona automaticamente.

— Exato.

— E então? — Blake me perguntou, vindo em nossa direção assim que passamos pela porta de entrada.

— Contei para ela as minhas novidades, não as suas.

— Suas novidades? — ela perguntou, fazendo carinho no Niner. — Não tenho certeza de quantas novidades mais eu consigo lidar hoje.

— Bem, sente-se — começou Blake, apontando para que ela se sentasse à mesa de jantar com ele.

— Sabe, posso demitir você agora — ela disse, dando língua para ele. — Tenho parte dos negócios do Club 24; acabaram de me contar.

Soltei um suspiro de alívio. Por um momento, temi que ela não quisesse ser dona de nada.

— Isso é tipo o que eu quero falar com você — respondeu Blake, sentando-se na cadeira em frente a Spencer, depois de entregar-lhe uma cerveja. — Encontrei um lugar para abrir meu bar — ele continuou.

— Oh, meu Deus, essa é uma boa notícia! Onde?

— No centro. Tipo, um... *perto* da academia.

Não ia me envolver na conversa deles. Blake precisava conquistar a Spencer por esforço próprio. Eu e Jason conversamos sobre isso, e, já que estávamos expandindo com a BKJB, pensamos que podíamos muito bem acrescentar uma boate no bolo. Com sorte, ela nos daria dinheiro suficiente para nos aposentarmos antes dos quarenta.

— Isso é fantástico! Você fez uma oferta para alugar? — quis saber Spencer.

— Bem... — ele começou a falar e olhou para mim. — Eu mostrei isso para os seus sócios, e eles disseram que agora, já que você possui vinte e cinco por cento, preciso perguntar para você. Todos gostam da ideia. Só espero que você goste também.

— Tudo bem, então vá falando. Essa pode ser minha primeira decisão oficial como chefe — ela falou, sorrindo para mim.

— Quero transformar a sala aberta no andar de cima em uma casa noturna.

— A sala onde eu fiz o meu chá de panela?

— Sim, isso mesmo.

— Ah... você disse "sim"? — Ela olhou para mim.

— Disse, e Jason e Becca também. Todos achamos que seria bacana. A casa teria uma entrada diferente, é claro. E Blake não precisa investir em outra propriedade.

— Então será nossa, e não de Blake?

— Sim e não. Blake pagará por todas as modificações para fazer a casa funcionar. Ele pagará aluguel, como precisaria fazer em qualquer outro lugar. Se e quando a casa for bem-sucedida, falaremos sobre torná-lo sócio, de modo que todos tenhamos montantes iguais.

— E se não for bem-sucedida?

Spencer para sempre   107

— Então você não perde nada e eu perco tudo — explicou Blake. — Mas, quando ela *for* bem-sucedida e eu for sócio, pretendo fazer isso com todas as outras propriedades.

— Sim, tudo o que quiserem. Confio nos instintos de vocês — ela falou para mim, e não para o Blake, depois de tomar um gole de cerveja.

— Obrigado, irmãzinha, você não vai se arrepender. Eu sei o que as pessoas querem em um bar e em uma casa noturna — declarou Blake, abraçando Spencer.

Meu Deus, por favor, não permita que meu irmão idiota foda com tudo!

Treze

A dor é inevitável.
O sofrimento é opcional.

— Você está pronto para amanhã? — quis saber Jason.

— Estou — respondi, tomando um gole de cerveja. Eu realmente estava. Não conseguia mais esperar para que Spencer usasse meu sobrenome.

— Você sabe que só vou deixar você ganhar hoje para que tenha dinheiro para levar na sua lua de mel — falou Blake.

Eu ri. Jason riu. Ben riu, e, depois, Blake riu.

— Certo — provoquei, tentando não engasgar com a cerveja.

— Que foi? Você acha que pode vencer todas as vezes? — duvidou Blake.

— Aham — respondi, seco. — Posso ganhar, principalmente de você.

— Só porque te deixo ganhar — contestou Blake.

Vi Jason pegar seu celular e quase não dizer nada.

— Que foi? — quis saber.

— Ahm, nada — falou Jason. — Só a Becca que me mandou uma mensagem.

Eu podia ver que ele estava mentindo, mas não sabia o porquê. Deve ter a ver com o meu casamento amanhã, mas não pressionei. Se algo estivesse errado, meu padrinho me diria.

— Blake, você não me deixa vencer. Continue dizendo isso para si mesmo. Estou dentro.

— Já volto — falou Jason.

— Aonde você vai? — perguntei.

— Eu... hum, a Becca precisa de mim.

— É o bebê? — eu quis saber.

— O quê? Ah, hum, não.

— Ele está estranho — falou Ben.

— Você acha? — perguntei sarcasticamente.

Que porra ele estava aprontando?

Jason saiu pela porta da suíte e voltou alguns minutos depois, sem me olhar nos olhos.

— Está tudo bem? — perguntei.

— Tudo perfeito — ele respondeu, sorrindo.

— Brandon.

— Spencer? — duvidei, abrindo os olhos e encontrando apenas a escuridão.

— Shhhh — respondeu. Senti o corpo dela afundar na cama.

— Aconteceu alguma coisa?

— Nada. Eu só... eu só quero você — ela sussurrou.

— Não vai dar azar se a gente se ver agora? — sondei, sussurrando também.

— Você consegue me enxergar?

— Não.

— Ótimo — ela sussurrou.

— É um encontro pré-casamento? — Eu ri. — Devo ficar nu ou algo assim?

— Claro — ela respondeu.

Não precisa pedir duas vezes!

Deslizei minha boxer pelas pernas e a joguei no chão.

— Tudo bem, estou pronto — falei, sorrindo e pensando que *esta* seria a última vez que eu e Spencer estávamos juntos antes de nos casarmos.

Senti-a engatinhar mais na cama e, em seguida, montar em meus quadris, já que eu estava deitado no meio do colchão.

— É, eu diria que você está pronto. — Riu Spencer.

Meu pau também não precisava ser perguntado duas vezes sobre se ele estava pronto para uma festinha à meia-noite. Estava duro e pronto antes mesmo de eu tirar a cueca. Ele ficou duro ao som da voz dela, do seu cheiro, de apenas sentir sua presença no quarto.

— Só o pensamento de você estar nua já faz isso comigo —

falei, inclinando-me para cima para beijá-la. — Onde está a sua boca? Não enxergo você.

A mão dela tocou a minha bochecha, meu queixo e, por fim, ela encontrou meus lábios e me beijou. Eu não estava acostumado a não conseguir enxergar. Não havia nenhum brilho da lua, nenhuma luz vinda da rua. Estávamos na escuridão total por detrás das cortinas pesadas do quarto do hotel.

Ela se moveu, esfregando seu calor descoberto no meu pau. Eu podia sentir seu fluido aquecido cobrir o meu pênis, tornando mais fácil para que ela pudesse deslizar para cima e para baixo.

— Que foda, isso é bom — grunhi.

Ela gemeu em resposta, sem afastar a boca da minha. Nossas línguas dançaram juntas. Spencer tinha gosto de champanhe e paraíso. Seus quadris moviam-se para cima e para baixo no mesmo ritmo que o meu pau latejante.

Coloquei a mão no meio da gente e comecei a esfregar seu clitóris com o dedo.

— Porra! — ela arfou.

Eu queria entrar nela, levantar meus quadris e acertá-la no local que a faria gritar, porém ela estava comandando o show. Eu a deixei me usar enquanto meu pau trabalhava os seus sulcos e meu polegar continuava a estimular seu clitóris.

Ela pressionou seu corpo com mais força contra o meu, usando-o como se fôssemos virgens tentando fazer as coisas certas ao não ir longe demais e pecar. Não me importei. O néctar dela cobriu o meu pau, o que a permitiu me satisfazer apenas com o movimento do seu corpo cobrindo o meu.

Em qualquer outro dia, eu podia comê-la, mas isso aqui era diferente. Havia algo de erótico em não poder vê-la — em não estar dentro dela, mas em saber que ela estava à beira de se despedaçar apenas com a fricção dos nossos corpos pressionados um contra o outro.

Com a outra mão, acariciei seu seio, elevando-me apenas o suficiente para colocar o mamilo entumecido na boca. Imediatamente, seus quadris se pressionaram com mais força contra mim, e meu polegar começou a esfregar o clitóris mais rápido, esperando que ela gozasse.

— Espere — ela sussurrou.

Parei, me perguntando por que havia parado quando eu sabia que ela estava prestes a gozar. Eu não queria parar, porém, antes que pudesse impedi-la, senti-a se levantar, fazer alguma coisa e, então, ela montou em mim novamente — dessa vez, na minha cabeça.

— Tudo bem, pronta de novo — ela falou.

Sua mão macia encobriu o meu pau, mantendo-o em pé antes de ela se abaixar e o lamber. Minha língua instantaneamente sabia o que fazer. Coloquei-a para fora para lamber a boceta da Spencer.

Eu estava no paraíso. Paraíso puro. A língua de Spencer lambendo, a boca dela sugando, a mão dela bombeando... tudo funcionando junto.

— Adoro quando você me chupa — gemi.

Deslizei dois dedos para dentro dela, reproduzindo seus movimentos enquanto ela bombeava meu pau. Ao prendê-los no ponto certo, o corpo de Spencer se retesou. Sua cabeça levantou do meu pau quando ela gemeu e tremeu, e seu gozo escorreu da sua boceta. Lambi o fluido, mas depois parei. O corpo dela saiu de cima da minha boca e ela se virou, deslizando a boceta em meu pênis. Eu a guiei para cima e para baixo, e rapidamente seu corpo se retesou novamente.

— Não tenho certeza do que eu amo mais: sua boca me engolindo ou sua boceta apertada me engolindo — falei.

Ela diminuiu o ritmo por um instante, permitindo que seu corpo pulsasse, e, em seguida, continuou a deslizar para cima e para baixo, fazendo com que nossas investidas fossem simétricas. Outro orgasmo tomou conta dela, mas, dessa vez, eu estava junto. Eu estava pronto. Perdi os sentidos, esparramando meu gozo quente bem fundo na boceta dela, segurando seus quadris junto aos meus.

Quando nossas respirações ficaram equilibradas, perguntei:

— Mas como você entrou no nosso quarto?

— Jason deixou a chave para mim — respondeu, descansando a cabeça em meu peito.

Ah, então era isso que ele estava escondendo de mim antes.

— Bom, então vou ter que agradecê-lo.

Ficamos deitados assim, abraçados, pelo que pareceram horas, mas Spencer precisava voltar para o quarto dela. Na próxima vez que a visse, ela estaria em seu vestido de noiva — um vestido que eu não tinha visto, mas que sabia que ia amar. Havia algo sobre a Spencer em um vestido, e eu sabia que o vestido de noiva seria o meu favorito até hoje.

— Amor — falei, fazendo carinho nas suas costas.

— Sim?

— Casa comigo?

Senti o sorriso dela no meu peito.

— Só se for amanhã.

— Combinado.

116   Kimberly Knight

Catorze

A dor é inevitável.
O sofrimento é opcional.

Cumprimentei cada um dos convidados que chegaram e os encaminhei para os meus padrinhos, que lhes mostravam seus assentos. Eu estava ficando ansioso por esperar Spencer e as meninas chegarem. Cada minuto era como horas, e eu só queria poder chamar logo a Spencer de minha esposa.

A Bently Reserve estava quase com sua capacidade máxima quando vi Ryan entrar, olhar ao redor, e então sorrir ao me ver.

— Ora, ora, e não é que você está bonito — ela falou, abraçando-me.

— Ela já chegou?

— Já.

Sorri. Só mais alguns minutos e eu veria a Spencer vir pelo corredor, e o nosso para sempre começaria quando disséssemos "aceito".

— Ah, ela queria que eu te desse isso — declarou Ryan, me entregando uma caixa embrulhada em papel prateado com um laço azul-petróleo. — Acho que ela quer que você abra agora.

Peguei a caixa e comecei a desembrulhá-la, mas então o pastor veio em minha direção.

— Brandon, chegou a hora — ele falou, sinalizando para

Spencer para sempre 117

que eu ficasse em meu lugar no altar.

Ryan se virou e saiu pela mesma porta pela qual havia entrado, e eu fui em direção ao altar, enquanto rapidamente abria o presente da Spencer.

Entreguei o embrulho para Jason, abri a caixa e vi o Rolex me encarando. Sorri. *Estava* na hora. Estava na hora de nos tornarmos Sr. e Sra.

Tirei o relógio da caixa e percebi que havia algo gravado na parte de trás. Era o meu nome, o da Spencer e a data de hoje. Eu não era muito fã de relógios, mas, sabendo que ele foi presente dela, eu o usaria todos os dias, a começar por hoje.

Jason saiu com o embrulho e a caixa e foi se encontrar com as meninas, para oficialmente começar o casamento antes da Spencer entrar pelo corredor. Sorri quando cada um dos nossos amigos entrou e foi para o seu lado.

Marry Me, da banda Train, começou a tocar, e meu coração apertou. Era isso. Eu havia esperado minha vida inteira para encontrar a Escolhida — a pessoa com quem dividir minha vida —, e eu não conseguia pensar numa pessoa melhor que a Spencer. Eu a amava como se minha vida dependesse disso. Ela era perfeita; ela foi feita para mim — só para mim.

Para sempre com Spencer poderia nunca ser tempo suficiente. Eu havia esperado muito tempo para que ela entrasse na minha vida. Esperei muito tempo para começar a falar com ela. Esperei muito tempo para convidá-la para sair. Esperei muito tempo para perguntar se ela queria casar comigo.

Eu estava cansado de esperar.

Não achava que conseguia sorrir mais largo do que normalmente fazia, mas, no momento em que vi Spencer passar pelas portas com o pai dela, Kevin, sorri ao ponto de mal conseguir enxergar. Meus olhos já haviam visto algumas coisas bem bonitas, mas nada tão maravilhoso assim.

Ela era linda.

Ela era minha.

Ela era minha para sempre.

Era o meu para sempre.

Eu não conseguia respirar. Meu coração palpitava como se fosse se libertar do peito e voar para as mãos da Spencer. Nunca pensei que fosse amar alguém tanto quanto amava a Spencer. Todo mundo no ambiente desapareceu, e tudo que eu conseguia ver era o lindo sorriso dela vindo na minha direção. Aguardei pacientemente. Meu pau estava amando a visão dela também. Meus olhos não se despregaram dos dela enquanto ela caminhou em minha direção, cada passo trazendo-a para mais perto. Eu queria encontrá-la na metade do caminho, empurrar seu pai de lado, falar para o pastor "Porra, eu aceito" e acabar logo com tudo. Acabar com tudo e ficar agarrado na Spencer, enterrado bem fundo nela e falando pra todo mundo que esta mulher era a Sra. Brandon Montgomery, porra.

Mas, ao invés disso, eu esperei, e esperei, a banda Train continuava a tocar e, por fim, ela estava bem à minha frente. Resisti à tentação de beijá-la antes da hora. Ela roubou o meu ar.

— Você está de tirar o fôlego, amor — sussurrei em seu ouvido, depois que Kevin me deu sua mão.

Ela sorriu, e seus olhos se encheram d'água. Então, o pastor começou:

— Caros...

$$\bowtie$$

Não conseguia acreditar que a Spencer era minha esposa. Quando a olhei, vi o meu futuro. Ninguém poderia nos separar, muito embora tivessem tentado. Eu sacrificaria minha própria vida por ela, se preciso fosse. Ela era tudo que eu sempre quis — que eu sempre precisei —, era tudo para mim. A cada dia que passava, eu me sentia mais apaixonado por ela.

Spencer era o meu tudo.

Segurei-a em meus braços, balançando-a ao som de Michael Bublé cantando sobre um amor louco, e vi como nossos entes queridos tiraram fotos, capturando este momento para sempre.

— Não sei como vou te amar mais do que já amo hoje — sussurrei em sua orelha.

— Não me faça chorar.

— Tudo bem. Bom, lembra do que você faz comigo quando usa um vestido? — perguntei, ainda sussurrando em sua orelha.

Ela se inclinou para trás, olhando-me nos olhos.

— Mesmo este longo?

— Este é o meu favorito.

Ela sorriu, eu sorri, e tive vontade de terminar nossa festa de casamento e começar nossa noite de núpcias mais cedo.

— Não podemos — ela falou, lendo meus pensamentos.

— Podemos — provoquei.

Antes que eu pudesse roubá-la para mim, a música acabou e o DJ anunciou que o buffet estava servido. Pensei sobre o plano que Ryan nos contou durante o ensaio do jantar:

Cerimônia: confere.

Fotos: confere.

Entrar como marido e mulher: confere.

Primeira dança: confere.

Comer: pendente.

Discursos, dança de pai/filha, dança de mãe/filho, bolo, dança, e a última dança viria em seguida, e então, *então* eu poderia roubar minha noiva para mim tal como eu queria.

Olhei para o meu novo relógio; só mais três horas até eu e Spencer estarmos em nosso mundo, pelados em nossa suíte, e, na manhã seguinte, a caminho de Fiji para a nossa lua de mel, sem termos que nos preocupar com mais nada que não a gente.

Depois de comermos, observei Spencer dançar com o pai dela, e, em seguida, dancei com a minha mãe.

Mais duas horas.

Comemos o bolo e, depois disso, a festa realmente começou. As pessoas curtiram o open bar, eu bebi umas doses com meus amigos e todo mundo estava se divertindo. Não havia nenhum drama até que, de repente, Blake partiu para cima da Stacey, arrastando-a para longe do seu par, Eddie, a quem ela deixou largado sozinho na pista de dança.

— Que porra é essa? — perguntou Jason.

— Eu vou matá-lo — falei.

Vi quando Stacey tentou se desvencilhar do Blake, gritando para que ele a soltasse. Todo mundo ficou olhando, e Eddie foi atrás deles.

— Merda! — falei, colocando-me na frente do Eddie. — Deixa comigo.

— Ela é minha acompanhante — falou Eddie.

— Ele é meu irmão, e este é o meu casamento. Deixa comigo.

Eddie fez que sim, e fui na direção de onde Blake levara Stacey.

— Você acha que pode vir ao casamento do meu irmão e dançar com algum babaca a *nossa* canção? — gritou Blake. Eu podia ouvi-lo através da porta do banheiro enquanto me aproximava.

— Não posso controlar o que o DJ toca. Me solta!

— Blake, abra a porta — falei, batendo.

— Volta para o seu casamento — ele gritou. — Isto é entre mim e ela.

— Me deixa ir! — gritou Stacey.

— Abra a porta — repeti.

— Não. Volte para o seu casamento.

— Você prometeu que não ia fazer uma cena se a Stacey viesse para o meu casamento — falei.

— Só me deixa ir embora. Você decidiu terminar as coisas — falou Stacey.

Vi Spencer se aproximar pelo canto do meu olho.

— Blake, abra a porta — falei, batendo novamente.

— Amor, deixe os dois — falou Spencer, pegando meu braço para me afastar.

Joguei as mãos para cima, puto da vida com o meu irmão, mas eu não queria arruinar o dia da Spencer. Hoje era o dia dela. Não do Blake. Nem da Stacey. Nem de ninguém que não fosse a Spencer.

※

Aparentemente, Blake e Stacey se resolveram. Quando eu e Spencer estávamos dançando a última música, eles se aproximaram para se despedirem, ambos ajeitando suas roupas.

— Você vai me dizer agora para onde vamos amanhã? — perguntou Spencer, sentando-se na limusine que nos levaria ao hotel.

— Ainda não. Você vai descobrir no aeroporto amanhã — falei, fazendo voar a rolha da garrafa de champanhe.

— Você sabe que isso está me matando, certo?

— Prometo que a surpresa valerá a pena — respondi, entregando-lhe uma taça do champanhe amendoado.

— É melhor que seja — ela murmurou, tomando um gole.

Sorri. Ela não fazia ideia do quão maravilhosa esta lua de mel ia ser.

Chegamos ao Fairmont e conduzi Spencer ao quarto, que já estava preparado para a nossa chegada. Tal como na noite em que a pedi em casamento, havia uma garrafa de champanhe e um prato de morangos cobertos com chocolate esperando pela gente.

— Você está tão bonita! — falei, dando-me conta de que a estava encarando enquanto ela comia um morango ainda em seu vestido branco.

— Você disse isso um milhão de vezes esta noite.

— Eu não tinha ideia do quanto você ia ficar bonita no seu vestido. Pensei mesmo que meu coração tinha parado.

— Você é tão mentiroso!

— Você não acha que está bonita?

— Não, estou falando sobre seu coração parar.

— Bem, pensei que seria mais romântico do que dizer que eu estava duro como pedra quando você caminhou para o altar.

— Fiquei molhada quando te vi. Adoro quando você usa terno e coisas assim. Você se lembra da véspera de Ano Novo e do casamento da Ryan?

— Eu? — Ri. — Que foda, estou ficando duro de novo.

— Esse é o ponto. É a nossa noite de núpcias. — Spencer sorriu com malícia.

— Eu sei. Estou esperando há horas. — Contando-as regressivamente, para ser mais exato.

Aproximei-me de onde ela estava sentada, na beirada da cama, e ajudei-a a se levantar. Uma vez de pé, virei-a, de modo que suas costas estavam de frente para o meu peito, e comecei a abrir o zíper do vestido bem devagarinho, beijando sua pele exposta na medida em que o vestido descia pelo seu corpo.

Minha língua percorreu novamente o caminho de beijos que eu havia feito, subindo até a orelha dela. Ela gemeu quando mordisquei levemente o lóbulo de sua orelha. Sua cabeça pendeu para a frente e meu pau pressionou a calça quando senti o gosto salgado e macio da pele dela.

A pele da minha *esposa*.

O vestido se amontoou a seus pés, deixando-a de sutiã branco sem alças, sandálias azul-petróleo e uma calcinha que instantaneamente me fez sorrir quando vi a parte de trás.

— Gosto da sua lingerie — falei, sorrindo.

— Imaginei que fosse gostar. — Eu não conseguia ver o rosto dela, mas sabia que ela estava sorrindo também.

— Caiu muito bem.

— Eu sei. Eu tenho mais.

— Mesmo?

— Bom, pretendo ser a Sra. Montgomery para sempre, então tive que mandar fazer outras para quando estas ficarem muito usadas.

Eu nunca quis controlar a Spencer, mas, se ela quisesse andar por aí todos os dias com o meu nome estampado na bunda dela, eu não iria impedi-la. Ninguém iria vê-las a não ser a gente. Se, por alguma razão — uma razão na qual eu não queria pensar —, ela deixar algum idiota ver a minha *marca*, eu esperava que ele pensasse duas vezes antes de tentar roubar o que era meu.

— Bem... nós não queremos danificar sua lingerie agora — falei, prendendo meus dedos na calcinha personalizada em cada lado do quadril dela, passando-a por suas pernas.

Quando me ajoelhei à sua frente, subi a mão pela sua perna, aproximando-me do seu centro.

— Saia do vestido, amor.

Observei-a sair do vestido, jogá-lo na cadeira e tirar suas sandálias. Ela ficou parada à minha frente apenas de sutiã. A visão dela fez minha boca salivar. Eu queria devorá-la, prová-la e fazê-la gozar.

Eu queria queimar a visão dela na minha memória, mas não conseguia mais suportar aquela situação. Spencer era a minha droga; eu necessitava dela — eu era viciado nela.

Abri minhas abotoaduras e comecei a me despir.

— Deixe que eu tiro — falou Spencer, vindo na minha direção e pegando minha gravata.

Depois de me livrar das minhas roupas, Spencer tirou seu sutiã e o deixou cair no chão. Eu sentia como se fosse desmaiar. Ela era linda e toda minha. Muito embora eu já a tivesse visto nua tipo, um milhão de vezes, ela ainda me tirava o fôlego.

Ela passou os braços ao redor do meu pescoço e me beijou, com gosto de chocolate, morango e champanhe.

Nossas bocas permaneceram unidas enquanto eu a empurrei suavemente para a cama e desci meu corpo sobre o dela. Ela abriu as pernas e as passou ao redor do meu dorso, puxando meus quadris para mais perto, meu pau tão perto que eu podia sentir o calor irradiando do meio das suas pernas.

Minha boca desceu pelo seu pescoço, parando no mamilo entumecido e chupando-o. Ela gemeu e meu pau se contorceu com o som.

— Estou pronta — ofegou ela.

Normalmente, eu a faria gozar com minha boca, com meus dedos ou com as duas coisas, preparando-a para o meu pau. Porém, com sorte, tal como eu, ela já estava pronta — provavelmente desde antes de termos passado pela porta.

— Você está tão molhada, Sra. Montgomery — falei, colocando meu pau dentro dela.

Porra, eu adorava dizer "Sra. Montgomery"!

Estávamos nos encontrando nas estocadas um do outro, repetidas vezes, a boceta dela me apertando enquanto meu pau a bombeava. Ela segurou o meu rosto e trouxe sua boca até a minha. Nos beijamos, e suas mãos passaram pelos meus cabelos. Tudo estava perfeito.

As mãos de Spencer em meu cabelo eram como um choque elétrico que foi direto para o meu pau. Ela fazia isso todas as vezes. Era sua forma de me dizer que sentia tudo que eu estava dando a ela. Ela estava comigo, curtindo o prazer que nossos corpos criavam.

Eu não queria parar, mas este era apenas o começo. Eu e Spencer tínhamos o para sempre.

— Vou gozar — falei, desfazendo nosso beijo.

— Eu também — ela ofegou.

Inclinei-me para baixo e capturei seus lábios novamente, prendendo o beijo antes que um gemido escapasse do meu peito. Spencer tremeu debaixo de mim, e sua boceta tremia enquanto ela gemia.

— Eu te amo — falei, beijando a lateral do seu pescoço, tentando equilibrar minha respiração.

— Eu também te amo.

É pra isso que eu fui feito. Fui feito para a Spencer, e ela tinha sido feita para mim. Nós havíamos sido feitos um para o outro.

Sr. e Sra. Brandon Montgomery.

Quinze

*A dor é inevitável.
O sofrimento é opcional.*

Ver a expressão no rosto de Spencer quando lhe dei as minhas surpresas fez com que escondê-las se tornasse muito melhor. Realmente detesto esconder qualquer coisa dela, mas deixá-la sem saber aonde estávamos indo na nossa lua de mel foi o melhor segredo. Superou até mesmo a compra da BKJB.

Depois que aterrissamos em Fiji, pegamos outro avião até uma pequena ilha, e depois uma escuna até o cais que parecia posto no meio do oceano — e foi mesmo.

Pegamos o elevador e descemos uns doze metros abaixo da superfície em direção ao nosso quarto. Todos os meus pensamentos estavam em Spencer: o que ela iria pensar, o que iria fazer, se teria um ataque porque estávamos debaixo d'água.

Não vou mentir: eu estava com medo de que o vidro quebrasse e fôssemos comidos por um tubarão... e, bom, de nos afogarmos.

— Puta merda — ela falou.

Exatamente o que eu estava pensando.

Entramos em um quarto cuja entrada era coberta por painéis de madeira, que também revestiam as paredes que se curvavam para cima no teto. Uma cama king-size ficava depois do painel de madeira, debaixo de um telhado de vidro que envolvia as janelas que cobriam quase todo o espaço da parede.

— Setenta por cento do quarto é composto de acrílico e permitirá que vocês vejam peixes, recifes de corais e até tubarões — disse Kerri, a funcionária do hotel, apontando para a água.

— Tubarões? — perguntou Spencer.

— Eles não podem pegar você, amor. — Ao menos assim eu esperava.

— Eu sei. Ainda assim é meio assustador. — Ela riu.

— Vocês ficarão aqui por duas noites, e, depois disso, na ilha, nos bangalôs do hotel sobre a água. Nós temos um restaurante subaquático aqui e um submarino à sua disposição, se precisarem ou quiserem; uma biblioteca e um spa, mas você tem essa banheira grande aqui no quarto. — Kerri apontou para a banheira elevada no lado esquerdo do quarto.

— É tão bonito! — declarou Spencer, olhando para o teto ao redor do quarto.

Todo tipo de peixe tropical nadava acima de nós. Havia uma pequena antessala depois da cama, no fundo do quarto. Kerri foi embora depois de nos dizer que, se precisássemos de qualquer coisa, que a avisássemos.

Sentamos nas cadeiras na sala e olhamos para cima no aquário enorme. Na verdade, nós éramos o aquário ali. Os peixes estavam soltos no Sul do Oceano Pacífico enquanto nós estávamos no vasto tanque de vidro com oxigênio.

— Isso é maravilhoso! — admirou-se Spencer.

— Viu por que eu queria que fosse uma surpresa?

— Sim — ela respondeu, sem desgrudar os olhos do oceano.

— Oh, uau, o que é isso? — questionei.

— Onde?

Apontei para a minha direita.

— Isso é...

— Um tubarão? — ela perguntou, o medo envolvendo sua voz.

— Não. — Eu ri. — É uma arraia.

— Você acha que os peixes sabem o que estamos fazendo?

— Sim, e eles estão com inveja — falei, chupando o mamilo de Spencer.

— Parece que a gente está fazendo um filme pornô.

Sorri na pele de Spencer.

— Amor, são peixes.

— Ainda assim é estranho.

— Por que você não fecha os olhos e eu te faço esquecer?

Dei uma espiada em Spencer, e ela fez o mesmo comigo.

— Tá bom — ela falou, lambendo os lábios.

E, simples assim, Spencer esqueceu de tudo que não fosse gritar o meu nome.

Spencer para sempre   131

Nossos dois dias no hotel sob a água passaram rápido, mas foi uma experiência única na vida, e tive sorte de passá-los com Spencer.

Entramos numa cabana no píer sobre a água azul cristalina e fomos nadar. Não tínhamos nenhuma preocupação. Nenhum Blake. Nenhum Club 24. Nenhuma BKJB. Tudo com o que eu tinha que me preocupar era em fazer a Spencer feliz.

Eu sabia que a Spencer não estava gostando de eu beber tanto. Não era eu. Tanta merda havia acontecido nos últimos dois anos, que espairecer uma vez por semana *havia* se tornado quem eu era, por isso, tudo que eu queria era passar uma semana sem me lembrar das nossas preocupações.

Todas as noites, nós jantamos na praia ao pôr do sol, seguido por ficarmos nos braços um do outro até de manhã. A gente ria, conversava... e, bom, trepávamos.

— Dance comigo — falei, usando o *dock* para iPod em nosso quarto para tocar música do meu celular.

— Aqui? — duvidou Spencer, franzindo as sobrancelhas.

— Sim. — Sorri.

Spencer me olhou desconfiada. Era estranho que eu a convidasse para dançar do nada. A gente não dançava a não ser que estivéssemos em uma boate ou algo assim, mas eu tinha alguns truques na manga.

Apertei um botão no celular e iniciei a pequena *playlist* que eu havia criado para este momento. *You*, de Chris Young, começou a tocar.

— Música country? — perguntou Spencer, aproximando-se de mim.

— Sou um garoto do Texas, afinal de contas — falei, dando uma piscadinha.

Gingamos para frente e para trás, e, cada vez que o ritmo aumentava, eu a fazia rodar e a gente ria. É incrível como algumas canções falam as palavras certas sobre o nosso relacionamento. Chris cantava sobre como a gente costumava trabalhar até tarde e ir correndo para casa. Isso era uma verdade sobre a gente. Eu odiava trabalhar até tarde agora. Queria estar em casa com Spencer, embrulhado num cobertor no sofá todas as noites. Não fazia ideia do que o amor era antes da Spencer. Ela me fazia muito feliz.

— Achei que a gente fosse dançar música lenta — falou Spencer.

— Nah. Qual a graça nisso?

— Verdade.

Dançamos sob a luz da lua brilhante na janela. A outra única luz vinha de um abajur na sala.

Quando *You* terminou, Bruno Mars começou, cantando *Just the way you are*. Eu não precisava do Bruno para me ajudar a seduzir Spencer, mas o cara sabia cantar.

The way you are era mais difícil de dançar, mas passei meus braços pela cintura dela, puxando-a rente ao meu corpo. Ela não sabia, mas esta canção era outro passo para o meu grande plano.

Nós balançamos ao ritmo das palavras, nos beijando, e cantei parte da letra para ela. *Just the way you are* também era

Spencer para sempre 133

uma música perfeita. Eu amava tudo na Spencer. O rosto dela. O sorriso. Os lábios. A risada. Seus olhos. Seu coração. Ela é linda. Ela é incrível; ela é perfeita.

Nossos quadris iam de um lado para o outro. Meus lábios roçavam nos dela entre as palavras, e meu pau começou a endurecer em expectativa pelo que estava por vir.

Como a canção do Bruno estava acabando, as batidas do meu coração aumentaram. Eu não tinha certeza do porquê, mas senti uma pequena palpitação no peito. Spencer era minha esposa. Eu ficava à vontade com ela, mas, toda vez que ouvíamos a canção que ia começar, ela fazia algo com nós dois.

— Mais uma música — falei, diminuindo o ritmo quando a canção começou a tocar. Dei um passo para trás, e nossos corpos pararam de ter contato. Spencer levantou os olhos para mim e eu sorri. Eu sabia o que ia acontecer nos próximos segundos.

Assim que a batida da música começou a tocar, comecei a cantar. Não sei se foi a letra ou a batida da música, mas os olhos de Spencer se iluminaram e eu não pude resistir. Esta era a nossa música. Nossa canção, que havia começado tudo.

Um sorriso espalhou-se pelo seu rosto quando a circulei, balançando minha cabeça ao ritmo da música e cantando a canção que há muito tempo eu havia decorado cada palavra. 50 Cent estava cantando sobre ser melhor *naquilo*, e eu tinha certeza pra cacete que eu queria ser.

Meu pau já estava em sua extensão completa, aguardando que esta dancinha das preliminares acabasse. Toda vez que eu ouvia essa música, flashes da nossa primeira vez dançando passavam pela minha cabeça.

Spencer mordeu seu lábio inferior, observando-me enquanto eu me movia vagarosamente ao redor dela. Ela não virou o corpo, apenas a cabeça, de um lado para o outro, quando fui para atrás dela, cantando a letra em cada uma de suas orelhas quando passei. Eu sabia pelo que ela estava esperando; ela estava esperando que eu a agarrasse tal como em Vegas, tal como em Seattle.

Jeremih começou a cantar e Spencer moveu os quadris, entrando na música tal como fez em Vegas antes de eu me aproximar dela.

Circulei-a devagar, como se a estivesse rondando, observando-a enquanto ela balançava, girando seus quadris no ritmo da música. Suas mãos foram para seus longos cabelos castanhos, levantando-os no pescoço, e esta era a minha deixa. Eu não podia mais esperar.

Eu a circulei mais uma vez, porém, desta vez, Spencer não me seguiu com o olhar enquanto dançava. Eu não precisava que ela me observasse. Nós dois estávamos no momento; essa música fazia algo com cada um de nós.

Quando fiquei às suas costas, esfreguei meu pau em sua bunda. Ela gemeu, encostando em mim também. Não estávamos em público. Não precisávamos ser discretos. Eu queria ver cada pedaço da pele dela enquanto ouvia a música.

Levantei sua blusa e a puxei pela cabeça, jogando-a no chão. Passei uma mão pela cintura dela, sentindo sua barriga macia enquanto ela se mexia pressionando o meu pau.

Spencer inclinou a cabeça, deixando à mostra o pescoço, e me inclinei para beijá-lo suavemente enquanto nossos corpos giravam acompanhando a batida da música. Porra, ela *era* comestível. Cada pedaço dela tinha gosto de paraíso — tinha gosto do *meu* paraíso.

Ela abriu o fecho do sutiã e o passou por seus braços, para depois jogá-lo no chão junto com a blusa. Ela sabia para onde isso ia. A gente não tinha que correr para um hotel quando a música acabasse. Não tínhamos que lutar contra a vontade que sentíamos quando ouvíamos esta música.

E, dessa vez — da *porra* dessa vez —, eu ia fazer como queria. Uma vez que não tínhamos desconhecidos dançando ao nosso redor, eu queria estar enterrado fundo nela enquanto a música tocava no modo repetição. Nenhuma música jamais me levou à zona do sexo como esta música, e seria o meu fim se eu não quisesse foder a Spencer com esta música tocando.

Minha mão deslizou por sua barriga e subiu para o seu seio, envolvendo-o. Minha outra mão fez o mesmo, nossos quadris ainda pressionados um contra o outro quando Spencer apoiou a cabeça em meu peito.

Não falamos nada. Não precisávamos, porque as palavras da música o faziam pela gente. Ela sabia o que eu queria. Eu sabia o que ela queria; nós queríamos foder como se Marvin Gaye estivesse nos dizendo para mandar ver.

Mordi de leve o pescoço da Spencer, e outro gemido escapou da sua boca, então a carreguei em meus braços como a noiva que ela era até a superfície mais perto e a coloquei sentada na beirada da mesa de jantar. Meu corpo já estava pegajoso de suor da dança... ou talvez da elevação da temperatura pelo prazer crescendo dentro dele. Eu não sabia, nem me importava.

Joguei minha camisa no chão sem nunca tirar os olhos de Spencer. Ela me observava enquanto 50 Cent e Jeremih cantavam. Lambendo os lábios, ela desabotoou o botão do meu short.

Empurrei-o para baixo e me livrei dele, jogando-o para o lado. Quando terminei, Spencer já estava retirando seu short e calcinha.

Ajudei-a, tirando-os do seu alcance e adicionando-os às roupas que estavam espalhadas pelo cômodo.

— Porra, você é tão linda! — falei, pairando sobre seu corpo nu. Ela sorriu e eu me aproximei, meu pau provocando a sua entrada. — E tão molhada!

Ela mordeu o lábio, pegando meu pau com sua mão macia. Observei-a usá-lo para provocar a si mesma, passando-o pelos seus *lábios*, e ele ficou pegajoso com seus fluidos. Peguei a dica e me aproximei, e, com uma investida, a preenchi, e suas pernas me envolveram.

Seu corpo arqueou e eu gemi. A boceta dela era quente, e a sensação era tão boa... boa pra cacete, tanto que eu já estava prestes a gozar.

Com o polegar, circulei seu clitóris e a fiz gemer. Eu não podia me mover. Se o fizesse, sabia que ia gozar antes dela. Por isso fiquei parado, com meu pau preenchendo-a enquanto eu usava o polegar para massagear o clitóris com círculos rápidos.

— Merda — ela arfou. — Vou gozar.

Esfreguei seu clitóris mais rápido. Precisava que ela gozasse pelo menos uma vez para que eu pudesse me mexer novamente. Observei quando seus olhos se fecharam e suas costas arquejaram, para longe da mesa de madeira. Então ela enrijeceu, seu abdome se apertando quando encontrou seu alívio.

Ela abriu os olhos e um sorriso atravessou seu rosto novamente. Beijando-a, fiz com que ela acalmasse seu êxtase.

Meu pau estava gritando para que eu continuasse, mas sabia que Spencer era sensível. Ela sempre ficava sensível por um minuto mais ou menos depois que gozava.

— Está pronta? — perguntei.

— Sim.

Agarrei sua bunda e comecei a investir. A boceta de Spencer era como uma luva; uma luva quentinha em um dia frio. Meu pau cabia perfeitamente nela. Seus saltos pressionaram minha bunda enquanto eu estocava. Inclinei-me sobre ela e coloquei um de seus mamilos na boca.

Como sempre, as mãos dela foram para os meus cabelos. Gemi quando o toque de suas mãos enviou uma corrente elétrica pelo meu corpo. Seu toque era como pás de eletricidade, e eram tudo de que eu precisava para me sentir vivo.

— Porra — gemi, afastando-me do seu seio. — É a minha vez. Vou gozar.

Coloquei uma mão entre a gente, na expectativa de que Spencer gozasse novamente. Normalmente, eu poderia me controlar, porém, uma vez que sabia que *Down on me* ia tocar nas caixas de som, eu estava pronto para me aliviar na Spencer.

Com dois dedos, esfreguei seu clitóris novamente o mais rápido que pude, ao mesmo tempo em que ainda a bombeava.

— Quase lá — ela ofegou.

Eu não conseguia mais me controlar. Meus quadris estavam estocando com tanta força que Spencer estava a centímetros do meio da mesa.

— Segure-se — falei. Eu quis dizer para que ela se segurasse na mesa, mas também estava falando comigo mesmo.

Eu conseguia fazer isso. Podia me aguentar por mais alguns segundos enquanto a Spencer chegava ao mesmo ponto em que eu estava.

Ela agarrou a mesa, segurando-se como falei, e eu fui fundo, estocando com ainda mais força. A mesa começou a se mover e, quando eu estava prestes a explodir, Spencer falou as palavras que eu precisava ouvir:

— Vou gozar.

Grunhi, sem deixar de usar meus dedos quando me derramei dentro dela, no instante em que nós dois gozamos juntos.

Descansei em cima da Spencer, com meu pau ainda dentro dela enquanto recuperávamos o fôlego.

— Como você sabia que essa era a minha música favorita? — ela quis saber.

Levantei a cabeça do seu peito, sorrindo.

— Tive um pressentimento.

140   Kimberly Knight

Dezesseis

A dor é inevitável.
O sofrimento é opcional.

Alguns dias depois que voltamos da lua de mel, Blake saiu da nossa casa. Eu mal podia esperar para morar sozinho com a Spencer novamente. Não me entenda mal, eu amo o meu irmão, porém, amava mais poder fazer amor com a minha esposa quando e onde eu quisesse em nossa casa.

Blake estava progredindo com a abertura da casa noturna no andar de cima da academia. O espaço era bem em frente ao meu escritório, mas Blake e Ben iam lacrá-lo e colocar isolamento acústico.

Queríamos que a casa noturna fosse diferente do Club 24, porém igual. Eu não queria que as pessoas ouvissem a batida alta quando estivessem malhando de manhã cedo; é surpreendente quantas pessoas treinam por volta da uma da manhã.

Se elas ouvissem a batida, as pessoas festejando ou vissem bêbados entrando, perderiam a concentração e provavelmente acabariam cancelando a matrícula. Não podíamos deixar isso acontecer.

Estávamos assumindo um risco enorme.

Eu estava assumindo um risco enorme pelo meu irmão.

Uma semana depois, Spencer fez uma reunião com os funcionários da BKJB. A transição deu certo. Skye ficou tempo suficiente para que Spencer se familiarizasse com as coisas, e todo mundo estava animado com o fato de Spencer se tornar a chefe. Todo mundo, incluindo Acyn.

Eu não via Acyn desde que ele testemunhou no julgamento, e, mesmo naquela ocasião, a gente não se falou. Ele olhava para a Spencer da mesma forma que eu, e eu não gostava disso. O que o salvava — e que o salvou de ser estrangulado por mim — era que Spencer não olhava para ele da forma como olhava para mim.

Eu sabia que ela era grata por Acyn ter ido à despedida de solteira da Ryan, porque foi ele quem se deu conta de que Spencer havia desaparecido. Eu também era grato, mas isso não significava que eu tinha que gostar do cara.

O que eu não gostava, especificamente, era que ele e Spencer iriam a uma exposição sobre saúde em Los Angeles dali a alguns meses. Eu confiava na Spencer, mas não no Acyn. A parte ruim é que eu não iria à exposição.

Spencer ia representando a BKJB e o Club 24. Ela ia levar o Acyn e outro funcionário para a exposição, e eu precisava confiar nela. Ela era dona de vinte e cinco por cento de tudo, e eu não queria ofendê-la. Além disso, eu tinha que ficar para trás e me certificar de que meu irmão não fodesse com tudo.

— Não consigo acreditar que você vai ser pai em um mês — falei para Jason.

— Eu sei. É incrível, mas estamos prontos.

— Bom, é melhor você estar mesmo — provoquei, ajudando-o a montar o berço.

— Eu sei que a Bec está. Ela está cansada de estar grávida. Me dá aquele pedaço ali — pediu, apontando para a ripa de madeira. Entreguei-a para ele. — Quando você e Spencer vão ter um?

— A gente acabou de casar, três meses atrás!

— E daí?

— Olhe quanto levou para você ter um. — Apertei um parafuso, pensando na ideia de Spencer grávida de um filho meu.

— As coisas são diferentes agora. Estamos mais velhos. A gente não fez isso antes porque estava construindo o nosso negócio.

— Eu sei.

Será que eu estava pronto para ter um filho? Quero dizer, finalmente ter um filho com a mulher que eu amo, a mulher com quem estava casado? Quando a Christy falou que estava grávida, eu não estava pronto. Não queria aquela criança, mas estava preparado para ser o pai que eu precisava ser para o bebê dela.

Mas isto, isto era diferente — isto era o que eu queria.

Observei Spencer sorrir enquanto conversava com Becca no chá de bebê. Spencer acariciava a barriga de Becca, conversava com o bebê e olhava para mim.

Spencer queria um filho? A gente estava casado há apenas três meses, mas será que ela estava pronta?

— Nossa, cara, os hormônios aqui são fortes — falou Blake.

Olhei para ele e franzi o cenho.

— Nunca achei que isso fosse verdade, mas todas essas mulheres aqui —gesticulou em direção à sala — querem um bebê agora.

Meus olhos se arregalaram. Será que era verdade? Olhei novamente para Spencer.

— Como você sabe disso?

— Bom, não sei com relação a todas as mulheres, mas Stacey acabou de vir até mim dizer que quer um.

Eu ri. Blake, pai? Tá bom.

— E o que tá rolando entre vocês dois, afinal?

A última coisa que eu tinha ouvido era que estavam tentando resolver os problemas deles. Blake não queria a Stacey com ninguém mais, e Stacey não queria se mudar para a Califórnia.

— Nada. Quero dizer, ela está aqui por apenas alguns dias. Ela queria vir para o chá de bebê e ver a Spencer.

— Então vocês dois não estão...?

— Não. Quero dizer, a gente ainda está fodendo enquanto ela está aqui, mas não estamos juntos.

Eu não podia julgar o Blake. Ele estava exatamente onde eu estava quando tinha a idade dele, porém, por ser o irmão mais velho, não podia morder a língua.

— Ela também acha isso?

— Sim. Quero dizer... acho que sim.

— Você precisa conversar com ela. Parar de foder com ela... sem nenhum trocadilho aqui. — Sorri, tentando aliviar a tensão.

— Eu sei. — Ele suspirou.

— Eu quero um bebê — falou Spencer, depois de ficarmos em silêncio ouvindo música enquanto dirigíamos de volta do chá de bebê.

Olhei para ela com os olhos arregalados. Não porque eu estivesse em choque, mas porque meu palpite estava certo.

— Você está pronta para ter um bebê?

— Acho que sim.

— Você não acha que deveria ser algo que você sabe ao invés de só achar?

— Sim. Você quer um bebê?

— Agora?

— Bom, em nove meses, na verdade. — Ela deu uma risadinha.

É isso que os adultos fazem. Eles discutem se querem ter um filho. Não fazem furos em camisinhas. Eles esperam até que seja o momento certo.

— Que tal se esperarmos até o mês que vem, quando Becca tiver o bebê? Ter uma ideia de como é, sabe?

— Acho que sim — ela falou, cruzando os braços na altura do peito. — É só que todas essas coisas de bebê são tão fofas.

— Você sabe que eles não ficam pequenos para sempre, certo? — Ri.

— Eu sei — ela respondeu e me deu língua. — Só estou com *vontade* agora.

Puta merda, Blake estava certo.

— Bom — falei, e uma ideia me veio à cabeça —, podemos ir treinando como fazer para matar essa vontade — provoquei.

Dezessete

*A dor é inevitável.
O sofrimento é opcional.*

— Por que você está aqui? — perguntei a Becca quando ela passou pelo meu escritório.

— Estou aqui todos os dias — ela falou, parando à minha porta.

— Você sabe o que eu quero dizer.

— Se você quer saber, meus pés estão me matando, e eu estava recebendo uma massagem nos pés e fiz as unhas.

— Bom, você deveria ir pra casa. Você vai ter um filho a qualquer momento.

— Você não... — Becca fez uma pausa e agarrou sua barriga, gemendo.

— Bec...

— Estou bem. São apenas contrações.

— Contrações?

— É, você sabe, contrações Braxton Hicks.

— Bec, pede para o J te levar pra casa.

— Estou bem.

— Nem fodendo — falei, levantando e indo na direção do escritório do Jason.

— Brandon! — gritou Becca.

Eu não parei. Becca era minha melhor amiga. Eu a amava como a uma irmã, e o filho que ela estava esperando ia ser meu sobrinho, mesmo que não tivéssemos o mesmo sangue. Eu não sabia como todo o lance da gravidez funcionava, mas ela estava com dor e não deveria estar de pé.

— Leve sua esposa pra casa ou eu mesmo faço isso — falei, invadindo o escritório de Jason.

— O quê? Por quê? — ele quis saber, olhando de mim para Becca.

— Não é nada — ela respondeu.

— Mentira. Ela está com contrações. Isso não é normal. Não é normal... né?

— É do tipo Braxton Hicks — repetiu Becca.

— Benzinho, vou te levar pra casa — falou Jason.

— Estou bem — ela falou. — Minha bolsa não estourou ainda. São apenas contrações Braxton Hicks.

— Qual o tamanho do intervalo entre elas? — perguntou Jason.

— Não sei. Eu não tenho cronometrado, na verdade.

— Vou te levar embora — falou Jason, buscando as chaves em seu bolso.

— Vou sentar. Elas vão passar.

Fuzilei Jason com o olhar. Nós dois não sabíamos que diabos estávamos fazendo, mas sabíamos que Becca não deveria estar na academia.

— Vou pegar uma limonada pra você — falou Jason, dando-nos as costas para sair.

Becca sentou no sofá no escritório dele, fechou os olhos e apoiou os pés.

— Se você tiver mais uma, eu mesmo te levo pra casa — ameacei-a.

— B, estou bem. Só vou ter o bebê daqui a algumas semanas. Isso é normal.

— Elas começaram hoje?

— Sim. — Ela fez uma nova pausa, enquanto outra contração tomava conta do seu corpo.

Jason voltou e entregou a Becca uma garrafa de limonada depois que a contração passou.

— São frequentes. Ela teve duas nos quinze minutos que estivemos conversando — falei.

— Nós não vamos pra casa. Vou levá-la para o hospital.

— São apenas do tipo Braxton Hicks.

Normalmente, Becca conseguiria convencer Jason do que quer que ela quisesse, mas eu sabia que isso era diferente. Jason ia levá-la para o hospital como disse que faria, mesmo se ela choramingasse o dia todo.

No fim das contas, foi bom Jason ter levado Becca para o hospital. Ela não estava tendo contrações do tipo Braxton Hicks; ela estava em trabalho de parto. A doida estava em trabalho de parto e nem sabia!

Dezoito

A dor é inevitável.
O sofrimento é opcional.

Ver Jason e Becca instantaneamente se apaixonarem pelo Jason Jr. ligou meu botão de querer ter um bebê. Eu não sabia se os homens tinham essa coisa que as mulheres tinham, mas eu queria que a Spencer tivesse um filho meu. Eu mal podia esperar para me tornar pai e dividir o milagre com ela.

Spencer parou de tomar pílula e a gente veria o que ia acontecer. Tanto Ben quanto Jason tiveram dificuldades para engravidar suas mulheres, e embora eu não me importasse em tentar todas as noites, não queria que Spencer se estressasse com isso.

Jason perdeu algumas semanas de pôquer desde que Becca teve Jason Jr. Blake fizera alguns amigos desde que foi morar na cidade, e ele trazia alguns a cada semana para que eu tirasse o dinheiro deles.

Eu sabia que Blake e Stacey haviam terminado mais uma vez. A relação deles era como uma montanha-russa que me deixava enjoado só de olhar.

— Vamos comemorar esta noite! — gritou Blake, entrando no meu escritório.

— Comemorar o quê?

— Ben disse que ele e os rapazes podem deixar tudo pronto até semana que vem.

Spencer para sempre   151

— Sério? Um mês antes do planejado?

— Aham.

— Não digo isso com frequência, mas estou orgulhoso de você.

— Você vai me fazer chorar, mano — falou Blake, esfregando os olhos, fingindo que estava chorando.

— Estou falando sério. Quando você chegou aqui, era um grande cretino.

— Tá bom, não vou mais chorar. — Ele riu.

— Sério, você realmente se superou com essa casa noturna.

— Obrigado. Isso significa muito vindo de você. Vamos tomar uns drinques para comemorar.

— Nós temos pôquer hoje à noite.

— Vamos cancelar. Eu pago.

Eu ri, sem poder acreditar no que ouvia.

— Bom, neste caso...

— Fala com os rapazes, mas eu só vou pagar pra você. — Ele sorriu.

— Tudo bem, mas não posso ficar muito.

Não lembro de como cheguei em casa, porém, quando abri os olhos, a língua de Niner lambeu o meu rosto.

— Ora, bom dia pra você também. — Eu ri, o que instantaneamente fez com que minha cabeça doesse.

Gemi, olhando ao redor. De alguma forma, eu adormeci no sofá.

— Sua mamãe já acordou? — perguntei a Niner. Ele balançou a cauda e latiu, como se eu entendesse o que ele estava falando. — Vamos lá ver.

Fui até a cozinha para pegar água e reparei que a máquina de café não havia sido ligada. Ao olhar para o relógio, vi que passava das sete, e a máquina já deveria estar fazendo café.

Talvez a Spencer tenha esquecido de programá-la antes de ir dormir?

— Vamos lá ver qual o tamanho da encrenca em que eu me meti — falei, fazendo carinho na cabeça do Niner.

Subimos até o meu quarto e, assim que entrei no cômodo vazio, a noite anterior voltou à minha mente.

— *Você está bêbado de novo?* — *perguntou Spencer, sentando no sofá quando passei devagarinho pela porta da frente, tentando não cair.*

— *Não* — *respondi, deixando escapar a primeira mentira que eu contava para ela.*

— *Mesmo? Não foi o que o Blake me contou.* — *Os braços de Spencer estavam cruzados na altura do peito.*

— *Tudo bem, eu tô bêbado!* — *gritei.*

— *Você acha que eu deveria criar um bebê junto com a merda de um bêbado?*

— Relaxa, Spencer. Eu não fico bêbado toda noite — respondi, caindo no sofá ao lado dela.

— Não, você fica bêbado toda semana e estou cansada disso. Eu sou a pessoa que sempre tem que cuidar de você — ela falou, levantando-se do sofá quando uma lágrima escorreu por sua bochecha. — Vou passar a noite na Ryan. Não quero olhar para você neste momento. Te vejo quando voltar, no domingo à noite. Talvez até lá você perceba que tem mais coisas na vida do que uma garrafa de vodca.

Estremeci com suas palavras. Eu sabia que estava bebendo muito desde que meu irmão havia chegado, mas só fazia isso quando saía com os rapazes.

— Não vá embora. Vou ficar sóbrio e depois não vou beber nunca mais — pedi, tentando pegar o braço dela para impedi-la de ir embora.

— Não estou pedindo que você não beba nunca mais. Só quero o meu Brandon de volta.

Lembrei do rosto dela chorando quando bateu a porta. Assisti-a manobrar o carro na garagem até não conseguir mais ver as luzes traseiras do Bimmer quando ela foi embora. Liguei e mandei mensagem, mas ela não respondeu.

Porra, eu estava enterrado na merda. Spencer nunca tinha me deixado antes.

Dezenove

A dor é inevitável.
O sofrimento é opcional.

Lutei bravamente para conseguir chegar ao trabalho. Eu queria correr para a BKJB e implorar para que a Spencer me perdoasse, mas não o fiz. Spencer ia viajar para L.A. e eu não queria deixá-la ainda mais estressada. Ela queria que a exposição fosse tranquila para provar a todo mundo que era capaz de gerenciar a BKJB. Eu sabia disso, mas ela queria que seus funcionários soubessem também.

Quando tive certeza de que Spencer estava voando e o seu telefone, desligado, mandei mais uma mensagem de texto.

Eu: Eu só queria dizer que sinto muito.

Quarenta e cinco minutos depois, Spencer mandou uma mensagem de volta. Quando vi seu nome na tela, desejei que ela me dissesse que estava tudo bem, que nós estávamos bem. Mas não foi isso que ela mandou.

Spencer: Estou em L.A.

Afundei na cadeira, com vontade de voltar ao dia anterior e não ir beber. Como eu podia ser tão burro? Tinha trinta e um anos, e, de alguma forma, meu irmão mais novo estava me influenciando tanto para beber que o amor da minha vida estava com um pé na porta, pronta para me deixar para sempre.

Saí do trabalho e fui para casa cuidar do Niner. Não queria

estar cercado por pessoas, principalmente pelo meu irmão.

Assim que cheguei em casa, meu celular começou a tocar. Era Spencer.

— Me desculpe — falei imediatamente.

— Eu sei. — Ela suspirou.

— É, realmente, sinto muito. Spencer, você é minha melhor amiga, e não sei onde eu estaria sem você ao meu lado.

— Eu também. Fiquei pensando, e eu sei que você não é um bêbado.

— Ver você chorar me faz querer morrer. Isso acaba comigo por dentro, e nunca mais quero ver você daquele jeito de novo... a menos que sejam lágrimas de felicidade. Sei que estou fazendo merda desde que Blake chegou, e vou voltar a ser o antigo Brandon. Aquele por quem você se apaixonou.

— Aquele por quem ainda estou apaixonada — ela sussurrou, mas foi alto o suficiente para que eu ouvisse.

— Vou fazer tudo certo, amor. Sei que não posso apagar todas as vezes que eu estava bêbado, mas não vou cruzar essa linha outra vez.

— Eu disse que não estou pedindo para você parar de beber.

— Eu sei. Entendo, é o ponto que cheguei. Sou o único culpado em tudo isso, não o Blake. Não fique brava com ele.

— Como eu poderia não estar brava com o Blake? Ele é a pessoa que influenciou você... que continuou comprando mais bebidas para você.

— Mas fui eu que bebi. Ele não me forçou.

— Não entendo por que você fez isso. Nossa vida é tão ruim que você precisa mascarar algum tipo de dor, ficando bêbado quando está com os amigos?

— Não, de jeito nenhum. — Suspirei. — Tenho trabalhado como um maluco, Blake me deixa louco, e eu só precisava gastar um pouco de energia. Não percebi que estava te machucando no processo. Você nunca disse nada.

— Eu sei... eu deveria ter dito.

— Não vamos falar sobre o passado. Eu vou parar. Chega de noites sem dormir, chega de lágrimas. Vou consertar isso. Você é meu mundo, meu tudo, e não quero te perder. Cacete, fiquei perto de perder você duas vezes por causa de outras pessoas. Não vou te perder por causa de mim mesmo, não quando posso evitar.

— Tudo bem — ela disse.

— Desculpe, vou consertar isso.

— Tudo bem, acredito em você.

— Amo você com todo o meu coração, amor.

— Te amo mais.

Foi bom conversar com a Spencer. Eu detestava o fato de que havia sido por telefone, mas pelo menos eu não tinha que me preocupar o fim de semana inteiro com a ideia de se ela ia me deixar ou não.

Na verdade, eu e Spencer dificilmente ficávamos longe, e, quando ficávamos, nós dois sentíamos falta um do outro. Eu precisava vê-la. Fiz uma reserva de um voo que saía de São Francisco ao meio-dia no dia seguinte. Na hora que eu chegar e for para o hotel da Spencer, a exposição já terá acabado, e eu poderei surpreendê-la no seu quarto de hotel.

Blake me levou ao aeroporto e me assegurou de que ficaria na minha casa naquela noite para cuidar do Niner. Era bom ter meu irmão lá; alguém em quem eu pudesse confiar.

Não lhe contei sobre minha briga com Spencer. Eu ia simplesmente parar de beber e provar que eu ainda era o homem por quem ela se apaixonara.

Assim que pousei no aeroporto LAX, desabilitei a função modo avião do meu celular e, alguns segundos depois, chegou uma mensagem de voz de Donna, a funcionária de Spencer.

Por que ela estava me ligando?

Ouvi a mensagem enquanto aguardava as portas do avião serem abertas.

— Oi... hum, Brandon, é Donna. — Fungou. *Ela estava chorando?* — Não sei o que fazer. Não sei para quem ligar. A Spencer não está atendendo o telefone e... merda. Eu não consigo. Isso nunca aconteceu antes. — Ela fez uma pausa, respirando fundo. *De que diabos ela estava falando?* — Certo, vou simplesmente falar tudo, e é realmente um saco que seja para o seu correio de voz. Talvez você esteja a caminho para buscar a Spencer. Não sei. Enfim. Acyn morreu. — Ouvi-a começar a chorar novamente e então voltou a falar. — Preciso ir. Por favor, peça para a Spencer me ligar e dizer o que fazer. Tchau.

Acyn morreu?

Repeti a mensagem de voz de Donna para me certificar de que tinha ouvido corretamente.

Acyn estava morto, e Spencer não estava atendendo o celular.

Liguei para Spencer. Tocou algumas vezes e depois caiu no correio de voz.

O que estava acontecendo?

Começamos a desembarcar e, assim que saí, liguei de volta para a Donna.

— Alô?

— Donna, é Brandon Montgomery. Recebi sua mensagem.

— Não sei o que fazer — ela falou entre lágrimas.

Eu também não sabia.

— Estou no LAX. Posso estar aí logo. Onde está Spencer?

— Não sei. Ela voltou para São Francisco.

— O quê? Por quê? — perguntei, estacando no meio do terminal.

— Ela disse que tinha que voltar para casa e cuidar de algumas coisas, então deixou a mim e... Ai, meu Deus, só de dizer o nome dele... — Ela fez uma pausa e respirou fundo. — Ela deixou a mim e a Acyn para terminar a exposição e arrumar tudo.

Ela estava voltando para casa por minha causa?

Spencer para sempre   159

Minha cabeça estava rodando, e eu não sabia o que fazer. Eu estava em Los Angeles e Spencer estava... Spencer provavelmente estava em casa.

— Ok, Donna. Acalme-se. Deixe-me tentar falar com a Spencer e depois eu te ligo de novo.

Desliguei e tentei ligar para a Spencer novamente. Tocou algumas vezes e depois foi para o correio de voz novamente. Se ela ainda estivesse voando, seu celular iria direto para o correio de voz. Por que ela não estava atendendo?

Tentei inúmeras vezes depois, sem sucesso. Não estava gostando nem um pouco disso. Ela não estava mais brava comigo, a gente tinha se reconciliado. Talvez ela estivesse tentando me surpreender como eu estava tentando surpreendê-la. Talvez não quisesse atender porque não queria que eu soubesse que ela estava a caminho da academia para me ver. Mas eu não estava lá.

Merda!

Liguei para o Blake.

— Alô?

— Você viu a Spencer?

— Não, por quê? Ela não está em L.A.?

— Não, aparentemente, ela voltou pra casa.

— Então vocês dois voaram em direções opostas? — Ele riu.

Parei um pouco.

— É, acho que sim. Escuta... Acyn morreu.

— O cara que se deu conta de que Spencer tinha sido sequestrada?

Ouvi uma mulher rir ao fundo.

— Sim. Onde você está?

— Na academia.

— Quem está com você?

— Ah, a Teresa. Ela... hum... precisava de ajuda para se alongar.

— Que Deus me ajude...

— Acalme-se. Está tudo sob controle.

— Olha, a gente fala disso quando eu chegar em casa. Você sabe o que aconteceu com o Jay.

— Sou seu irmão.

— Não vou falar sobre isso agora. Preciso encontrar a Spencer. Ela não está atendendo o celular. Se ela aparecer, por favor, peça para que me ligue.

Eu não tinha tempo nem para pensar. Precisava ir para casa, e, por sorte, havia voos para o aeroporto SFO do LAX a cada hora mais ou menos. Mudei meu voo de volta de domingo. Que bom que eu só tinha bagagem de mão. Continuei a telefonar para a Spencer várias vezes, mas ela não me atendeu nenhuma vez.

Todas as possibilidades passaram pela minha cabeça. Será que ela tinha sido sequestrada novamente? O avião dela caiu e ainda não haviam feito um pronunciamento público? Ela se envolveu em um acidente de carro a caminho de casa?

Tentei ligar para a Ryan enquanto aguardava meu voo de volta, mas ela também não atendeu. A sensação era de que minha vida estava girando fora de controle. Eu tinha vindo para L.A. fazer sexo de reconciliação com minha esposa, e agora eu não conseguia encontrá-la e seu funcionário estava morto. E, como se não bastasse tudo isso, meu irmão estava trepando com a Teresa Robinson na academia. Ele sabia que eu não aprovava essa merda.

Tentei novamente falar com a Ryan. Sem resposta.

— Merda! — gritei. Todas as cabeças se voltaram para mim. — Perdão — pedi, levantando as mãos para me desculpar.

Jason estava em casa com sua família, então eu sabia que ele não tinha conhecimento do paradeiro de Spencer. Por isso, tentei a BKJB, mas eles não a tinham visto e também pensavam que ela estava em L.A. Pedi para que me passassem para a amiga e funcionária dela, Belkis.

— Alô?

— Bel, é Brandon. Você sabe onde a Spencer está?

— Ela está em Los Angeles.

— Não, ela foi embora mais cedo. E não consigo falar com ela.

— Eu não falei com ela.

— Você falou com a Donna?

— Não. Não falei nem com ela nem com o Acyn. Está tudo bem?

— Sim... — menti. — A exposição está quase no fim, mas a Spencer voltou para casa mais cedo para trabalhar em alguma coisa que ela precisava fazer. E não está atendendo o celular.

— Você quer que eu tente falar com ela?

— Sim, por favor. Se conseguir, por favor, peça que me ligue. É muito importante.

— Pode deixar, chefe!

Fechei os olhos. Eu era chefe dela tecnicamente, mas não como a Spencer era. Não podia contar a ela sobre o Acyn; isso era algo que a Spencer precisava fazer.

Desliguei com a Belkis e tentei novamente a Spencer. Sem resposta. Meu embarque ia começar em breve, mas eu tinha mais uma pessoa para quem podia ligar e que esperava que conseguisse me ajudar a encontrar a Spencer.

— Alô? — atendeu Max, o marido da Ryan.

— Oi, você viu a Spencer?

— Não. Por quê? O que tá pegando?

— Você provavelmente está no trabalho, mas eu preciso encontrá-la.

— Ela está desaparecida novamente?

— Não... não sei — falei, esfregando minha mão livre pelo rosto.

— Bom, eu, na verdade, estou a caminho de casa. Vou falar com a Ryan e ver se ela sabe alguma coisa. Está tudo bem?

— Não. — Suspirei. Nada estava bem. — Para resumir, Acyn morreu e Spencer não está atendendo o telefone. Eu voei

Spencer para sempre   163

até Los Angeles para surpreendê-la, mas a funcionária dela me disse que ela voou de volta para casa. Estou tentando ligar direto, e ela não atende.

— Acyn morreu?

— Sim. Não sei como, mas, sim... ele está morto. Não acho que Spencer saiba.

— Tudo bem, estou quase em casa.

— Estou quase embarcando no meu voo de volta a São Francisco. Se você conseguir encontrar a Spencer, *por favor*, peça para que ela me ligue.

Vinte

A dor é inevitável.
O sofrimento é opcional.

É estranho como um acontecimento pode fazer com que outro ocorra. Um acontecimento ruim. Um acontecimento trágico.

Quando meu avião finalmente chegou em São Francisco, desativei o modo avião no celular, dessa vez, esperando boas notícias. Uma mensagem de voz de Spencer soou e eu quis me sentir aliviado, mas ainda não sabia por que ela não estava atendendo minhas ligações.

— Ai, meu Deus, eu sou tão idiota! Achei que você estava me traindo com a Teresa, e é por isso que eu me recusei a atender suas ligações. Deus, era a porra do seu irmão! — Ela suspirou. — Entrei no seu escritório e o vi, mas achei que era você. Antes que eu pudesse ver direito, eu fugi.

"Sei que você está voando agora, mas o Max acabou de me contar que você está em L.A. e que o Acyn... — Ela fez uma pausa, tal como Donna fizera, e meu peito doeu por ela.

"Deus, se ao menos eu tivesse ficado em L.A. nada disso teria acontecido. Acyn ainda estaria vivo, eu não iria desejar matar o seu irmão e você não ficaria preocupado comigo.

"Enfim, vou ligar para a Donna agora e descobrir o que aconteceu com o Acyn. Estou na casa da Ryan. Você pode vir aqui? Eu quebrei o meu celular, então, não me ligue. Apenas venha aqui. Eu te amo e... me desculpe."

Tive que ouvir a mensagem novamente enquanto tentava sair do aeroporto sem atropelar as pessoas. Na primeira vez que ouvi, não tinha ouvido nada depois do momento em que ela falou que achou que eu a estava traindo com a Teresa.

Não só o Blake estava fodendo com meus negócios ao... foder com a Teresa *no* meu negócio, mas também a Spencer havia pensado que eu era o Blake. Esse dia estava ficando cada vez melhor!

Eu estava puto, para dizer o mínimo. Vendo a questão como um todo, Spencer teria descoberto que não era eu que a estava traindo, depois que tudo fosse esclarecido, mas só de ela passar um tempo pensando nessa possibilidade já me deixava puto.

Bati a porta do Range Rover com força e dirigi até a casa da Ryan. Ainda estava puto com o Blake quando cheguei, mas imediatamente fiquei mais tranquilo quando vi a Spencer. Ela passou os braços ao meu redor como se não nos víssemos há anos e chorou.

Deus, eu senti falta dela.

Foi apenas por uma noite, mas, dado tudo que aconteceu, estar nos braços dela era como estar em casa. Spencer era a minha casa, e nenhuma quantidade de álcool iria tirar isso de mim.

Depois que Spencer me contou tudo, e Max e Ryan me deram a boa notícia deles, de que estavam grávidos, fui para o lado de fora da casa e telefonei para Blake.

Não queria que Spencer, Ryan ou Max me ouvissem arrasar com ele. Só de pensar no que ele fez já era suficiente para fazer crescer minha raiva, e eu não podia mais esperar para gritar com ele. Eu não podia fazer isso pessoalmente porque não sabia quão fora de controle as coisas poderiam ficar. Eu estava mais do que furioso.

— Você a encontrou? — ele perguntou, sem dizer alô.

— Sim. — Suspirei. Só o som da voz dele já fazia meu sangue ferver.

— Ótimo, porque eu não a vi, e estava começando a ficar preocupado. Ela também não estava atendendo minhas ligações.

— Você quer saber por que ela não estava atendendo ligações de ninguém? — perguntei, aumentando o tom de voz.

— Acalme-se, por que você está gritando?

— Vou te dizer por que estou gritando! A Spencer entrou na sala enquanto você e Teresa estavam trepando. Trepando no *meu* escritório. — Rangi os dentes.

— Merda...

— Porra, Blake. Depois de tudo que fiz por você, você vai e age nas minhas costas. Você sabe a porra das regras. E no meu escritório? Você tem uma sorte do cacete de eu não estar aí neste exato momento, porque eu ia te encher de porrada. Você é um desgraçado imaturo e egocêntrico. E, quer saber? Você está demitido!

— O quê? Não! Você não pode me demitir.

— Não posso? Acabei de fazê-lo!

— Mano, me escuta...

— Não, tenho outras coisas para cuidar. Um homem

morreu e tenho que ajudar minha esposa a lidar com isso. Então, Blake, cai fora! — finalizei. Desliguei o telefone e passei a mão no pescoço.

Já chega disso do Blake amadurecer desde que se mudou para São Francisco. Eu devia ter ouvido minha intuição e não ter viajado, porque, no fundo, eu sabia que Blake ia foder com alguma coisa.

※

Antes de sairmos para o funeral do Acyn, no Alabama, Blake me convenceu de não o demitir. Ao invés disso, o coloquei num período de observação de três meses e revoguei a inscrição da Teresa.

Durante esses três meses, a ele era permitido apenas manter as reformas da casa noturna em andamento. Estávamos quase no dia de abertura, e lidávamos apenas com negócios, estritamente. Por três meses, Blake não podia entrar no Club 24. Se o víssemos lá, tiraríamos o sonho dele de suas mãos.

Quando alguém tão jovem morre, nos faz enxergar as coisas. Eu não gostava do Acyn porque ele queria ser mais do que amigo da minha esposa. Todo mundo merece alguém que o faça feliz, e Acyn nunca teria isso.

Durante o funeral, mantive Spencer perto de mim, permitindo que ela chorasse a perda do amigo. Se não fosse pelo Acyn, não sabemos o que teria acontecido a Spencer na noite em que ela foi sequestrada. Porque ele sabia que ela estava desaparecida, nós pudemos ficar um passo à frente de Michael e Colin, e eu era grato por isso todos os dias.

Eu seria sempre grato a Acyn, então, quando chegou minha

hora de jogar terra no caixão, eu disse a ele exatamente isso e o agradeci uma última vez, pedindo que continuasse a cuidar da Spencer lá de cima.

Desde que voltamos do funeral, Spencer tomou o tempo que precisava para contratar um substituto. Levou três meses para ela finalmente aceitar que precisava de alguém para fazer o serviço dele; que ele não ia voltar.

Começamos a mudar nossas rotinas de treino, praticando mais kickboxing para aliviar o estresse. Ninguém sabia quão estressante era gerenciar um negócio, e agora a Spencer entendia por que eu gostava de tomar uns drinques durante a semana.

Parei de permitir que Blake comprasse bebidas para mim. Parei de permitir que o álcool me controlasse, e voltei a ser o *velho* Brandon.

As coisas estavam boas.

Eu me preocupei um pouco com a Spencer, que ela arremessasse as coisas por raiva. Eu não sabia por que ela estava com tanta raiva, mas entendia. A vida era dura, e Spencer era uma montanha-russa de emoções. Mas ela era forte, e eu sabia que ela ia superar isso. E ela tinha o apoio dos parceiros comerciais, da Becca e do Jason, e de mim e dos amigos dela.

— Quer um copo de vinho? — ofereci à Spencer no jantar.

— Sim, por favor. — Ela suspirou.

— Como foi o seu dia? — perguntei, colocando o copo em frente ao seu prato de frango à Carbonara.

— Foi bom.

— Cansada de novo?

— Sim. Eu não sei por que ando tão cansada ultimamente.

— Gerenciar um negócio é difícil. Você sofre muita pressão.

— Eu sei, e postei hoje o anúncio para a vaga do Acyn.

— Vai dar tudo certo, amor — falei, estendendo o braço para pegar na mão dela e fazer um carinho.

— Eu sei. Você pode me fazer uma massagem após o jantar?

— Claro. — Sorri. Eu sempre adorava tocar na Spencer.

— Quero mais do que dez minutos. Você ainda me deve, do nosso jogo de pôquer no Natal — ela disse, mordendo o lábio.

Ah, então ela queria esse tipo de massagem.

— Ah. Está certo — falei, dando-lhe meu sorriso atrevido.

— Use uma loção — ela falou.

— Mas aí eu vou ficar com cheiro de menina.

— Aí você vai ficar com um cheiro tão bom que vai dar vontade de comer — continuou Spencer, entregando-me a loção de baunilha dela.

— Eu sei de algo que você pode comer — falei, sorrindo para ela.

— Talvez. — Ela sorriu de volta.

Espremi a loção nas mãos e as esfreguei antes de cobrir as costas de Spencer com a coisa cremosa que tinha cheiro de donuts com glacê.

Passei as mãos pelo seu corpo, e usei mais loção para cobrir a bunda dela. Meu pau se contorceu quando meu cérebro enviou a imagem da Spencer deitada nua em nossa cama.

Fiz círculos em seus músculos, tentando libertar a tensão em seus ombros, costas e bunda. Meu corpo doía de necessidade enquanto eu a tocava. Eu adorava tocar nela, mas meu pau também esperava algo toda vez que eu a via nua.

Descendo para a base da coluna, minhas mãos desceram por suas pernas, panturrilhas e pelo outro lado em cada uma delas. Afastei suas pernas um pouco para esfregar a parte interna da coxa, mas então vi a boceta reluzindo na luz.

Como de costume, coloquei a mão entre suas pernas, e seus fluidos cobriram a ponta de dois dos meus dedos que tocaram a boceta. Spencer gemeu, o que me deu o sinal verde, então eu não ia parar.

Afastei suas pernas e continuei provocando seu centro com os dedos, esfregando mais suas pernas, roçando na boceta com os nós dos dedos toda vez que eu voltava para cima na massagem das costas.

— Vire, amor — falei, pronto para trabalhar na parte da frente.

Spencer virou-se, e continuei a trabalhar em suas pernas, roçando às vezes em sua boceta. Eu podia ver o corpo dela relaxar sob o meu toque, e continuei esfregando.

Continuei por suas pernas, indo até as panturrilhas e pés e

depois subindo novamente. No caminho para cima, não provoquei Spencer; imaginei que ela estivesse ansiando para que eu tocasse em seu centro. Então, em vez disso, esfreguei seus braços até o peito, circulando seus seios sem tocar nos mamilos, depois voltando até sua barriga.

Ao ver o corpo dela reagir ao meu toque, voltei a provocar a boceta. Eu não conseguia evitar. Eu queria isso. Queria prová-la, sugá-la, lambê-la, fodê-la.

Meu polegar roçou seu clitóris, e o corpo de Spencer se retesou em expectativa. Seu néctar escorreu pelos *lábios*. Cobrindo sua boceta, pressionei um dedo na sua fenda, e ela gemeu.

— Você gosta disso? — sussurrei.

— Sim — ela gemeu novamente.

Enfiei um dedo, sentindo seu calor molhado. Eu não queria parar. Queria fazê-la gozar e se sentir bem, mas sabia que, quando o fizesse, a massagem estaria terminada, e nós nos perderíamos no prazer um do outro.

Spencer precisava relaxar. Eu detestava ver quão cansada ela estava todos os dias, e o sexo podia esperar — por alguns minutos, pelo menos.

Passei mais loção nas mãos e comecei a trabalhar seus ombros, depois desci pelo seu corpo, tentando fazê-la se sentir bem.

Ela gemeu de novo, e, quando olhei para cima, vi-a me olhando. Sem dizer uma palavra, ela abriu ainda mais as pernas, mordeu o lábio e me deu sinal verde novamente.

Esfreguei seu clitóris um pouco com o polegar, então me

posicionei entre suas pernas e lambi a boceta que eu desejava diariamente. Os fluidos dela cobriram minha língua, e eu suguei, bebendo-a como se fosse água em uma ilha deserta.

Ela afastou ainda mais as pernas, me dando acesso quando rocei seus *lábios* novamente e esfreguei seu clitóris com meu polegar. Ela começou a mover os quadris, gemendo de prazer. Enfiei dois dedos, o que a fez gemer novamente. Meu pau estava tão duro que, ao mais simples toque, eu suspeitava que podia gozar nas calças.

Deus, eu precisava da Spencer como se ela fosse meu último suspiro. Tudo nela elevava meus nervos ao alerta máximo. Eu precisava do toque dela, do seu beijo, do seu amor.

Minha língua continuou a lamber, sugar e beliscar. Meus dedos continuaram a estocar nela, a boceta de Spencer se fechou ao redor dos meus dedos, e sua cabeça levantou do travesseiro quando ela gozou.

— Está se sentindo melhor? — perguntei.

— Ah, sim. — Ela sorriu.

Agora era minha hora de relaxar.

174   Kimberly Knight

Vinte e Um

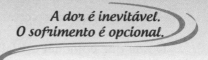

*A dor é inevitável.
O sofrimento é opcional.*

— Me diz novamente por que não contratamos o Ben e os rapazes dele para fazer isso — falei, dando um chute na parede.

— Porque não vou pagar alguém para destruir a minha casa quando posso fazer de graça — respondeu Max, chutando outra parede.

— Você tem que admitir, esta merda é divertida — disse Jason.

— É, é sim. — Fiz outro buraco na parede da sala de jantar do Max.

Max e Ryan haviam comprado uma casa no mesmo bairro que eu e Spencer. Nossa casa estava pronta para morar, mas a do Max e da Ryan... nem tanto.

Com um bebê a caminho, Max finalmente concordou em se mudar para o subúrbio, e, uma vez que Ryan sempre conseguia tudo que queria, eles compraram uma casa que dava para ir andando até a minha e da Spencer.

— Como vai a casa noturna? — quis saber Max.

— Bem. A gente deve inaugurá-la no primeiro dia do mês que vem — respondi.

— Quem iria imaginar que o pequeno Blake Montgomery

era capaz de gerenciar um negócio? — perguntou Jason, sarcasticamente.

— Eu não. Isso com certeza — respondi.

Desde que coloquei o Blake em período probatório, ele se destacou. Parou de jogar e de ficar de zoação, e focou apenas na casa noturna. Ele terminou os três meses de provação e agora falava sobre abrir uma casa noturna na filial de Houston.

Ele não fazia ideia de quanto trabalho o esperava depois que a boate estivesse aberta. Ele imaginava o dinheiro entrando e ele sentado em casa. Mas o que não se dava conta era que ele estava prestes a trabalhar sete dias na semana e quatorze horas por dia.

Jason, Max e eu terminamos de derrubar a parede que separava a sala de jantar da cozinha. Ryan queria que fosse um ambiente amplo e aberto, e... bom, Ryan conseguiu o que queria.

— Tenho que ir pra casa daqui a pouco — falou Jason. — Vou levar o Jotinha para o parque para que a Bec tenha algum tempo para ela.

— Tá vendo o que você tem que esperar que aconteça? — provoquei o Max.

— Está tudo bem, estou ficando acostumando com esse lance de ser pai.

— O bebê não nasceu ainda. A gente pensou que estava pronto também, mas não estávamos. Uma dica: durma o quanto puder agora — falou Jason.

— Ah, vou dormir. — Riu Max.

Limpamos tudo e demos o dia por encerrado. Nenhum de

nós queria fazer esforço físico em um sábado, mas o tempo estava passando e o bebê da Ryan e do Max estaria aqui a qualquer momento.

$$\mathbb{X}$$

Depois de um banho quente e longo que fez meus músculos doloridos se sentirem bem, sentei-me no sofá para ver o jogo dos Giants. Tinha começado a terceira entrada quando Spencer chegou em casa.

— Divertiu-se com as meninas? — perguntei, quando ela colocou a bolsa na mesinha perto da porta da garagem.

— Claro. Você se divertiu com os rapazes?

— Ah, eu não chamaria de diversão — falei, tomando um gole de cerveja.

— Imaginei. Eu acho que a parte divertida seria a demolição, e não levantar toda a merda pesada.

— É, provavelmente você poderia usar isso para desestressar — provoquei.

Spencer ainda estava cansada e rabugenta na maior parte do tempo. O kickboxing não estava funcionando, e ela provavelmente poderia ter usado a demolição das paredes da Ryan para botar sua frustração para fora.

— Provavelmente — ela falou. — Posso ter uma solução.

— Qual? Matar todo mundo com quem você entra em contato?

— Muito engraçado — rebateu, me dando língua. — Tenho que fazer xixi, e depois vou contar minha ideia para você.

Eu ri e voltei minha atenção para o jogo enquanto Spencer subia para nosso quarto. Não desconfiei de nada sobre ela usar o banheiro do andar de cima até ela ter voltado.

— Feliz Dia dos Pais — anunciou, e me entregou uma sacola de presente.

— Dia dos Pais? — questionei, vasculhando a sacola e tirando uma caixa comprida em forma de pulseira.

— Bem, é amanhã, mas imaginei que não teria problema em dar o seu presente agora.

— Uma joia? — perguntei, segurando a mesma caixinha que dei a Spencer no primeiro aniversário dela que passamos juntos. — Niner me trouxe isso?

— Abra, amor.

Abri a tampa devagar. Um sorriso se espalhou pelo meu rosto e senti meus olhos se encherem d'água.

— Você está grávida? — questionei, segurando o teste de gravidez em minha mão.

— Estou — ela respondeu, lágrimas se formando em seus olhos.

Coloquei a caixa na mesa e levantei Spencer, girando-a em meus braços.

— Se ele for como eu, vai se casar com o "tudo" que pertencer a ele.

— E se ela for como eu, vai se casar com o "tudo" que pertencer a ela.

Epílogo

*A dor é inevitável.
O sofrimento é opcional.*

Os últimos nove meses passaram rápido. O estado raivoso de Spencer se transformou em um estado de excitação constante, e, cara, eu estava amando o fato de ela estar grávida. A gente transava em todos os cantos!

O que eu não gostava no fato de Spencer estar grávida era que ela não estava dormindo bem. Ela acordava o tempo todo à noite, e, antes de adormecer novamente, comia metade de um pacote de Oreo.

Cheguei ao ponto de ter caixas do biscoito enfiadas nas nossas mesinhas de cabeceira, no meu guarda-roupa, debaixo da cama, onde quer que houvesse espaço. Spencer não podia subir e descer as escadas a noite inteira, e eu também estava carente de sono porque ela me acordava.

Mas eu não mudaria nada.

Spencer ia ter um filho meu, e a gente ia ter um menino.

Eu e Jason conversamos sobre nossos filhos serem melhores amigos como a gente. Sobre como eles jamais permitiriam que qualquer coisa acontecesse com o outro. Sobre como a gente mal podia esperar para eles jogarem futebol americano, e como fariam a gente ficar grisalho antes dos quarenta se forem minimamente parecidos conosco.

Kyle Corbin Montgomery iria me ajudar a proteger a mãe

dele tal como eu prometera ao pai dela que o faria, e nós tínhamos a nossa vida inteira para fazê-lo.

$$\bowtie$$

— É melhor você dar um presente de parto para a Spencer quando ela tiver o bebê — falou Becca, com Jason Jr. apoiado no quadril.

— Um o quê? — perguntei, pego de surpresa.

— Um presente de parto. Você sabe, porque ela está parindo um bebê pela periquita dela.

Isso fez meu pau doer só de pensar. Eu não fazia ideia de como um bebê iria caber, porém todas as aulas que tivemos e os livros que lemos disseram que ela iria dilatar e o bebê sairia tranquilamente.

— Ah, é? Bom, essa é a primeira vez que ouço isso. O que devo dar a ela?

— Tá vendo? É por isso que você precisa de mim na sua vida. Jason não me deu nada, e, dessa forma, você não vai pisar na bola com a Spencer.

— Sinto muito, Bec. Vou fazê-lo comprar algo para você.

— Ah, ele vai comprar um carro novo para mim no nosso próximo filho.

— Um carro? Quão caros devem ser os presentes de parto?

— Depende, mas já que você tem dinheiro, é melhor comprar algo legal para ela. Foi você quem a engravidou.

Sentei à minha mesa, pensando nesse lance de presente de

parto. Os homens precisavam de um livro de regras ou algo do tipo. Como diabos eu deveria saber que deveria dar um presente à Spencer por dar à luz ao nosso filho?

— Chegou a hora — sussurrou Spencer na minha orelha.

Meus olhos se abriram de imediato, vendo o lindo rosto de Spencer no brilho da luz do banheiro.

— Chegou a hora?

— Sim. — Ela sorriu.

— Chegou a hora? Chegou a hora! Ai, merda, chegou a hora! Ok, está tudo no carro, a gente consegue. — Niner latiu, provavelmente se perguntando que diabos estava acontecendo. — Você vai ganhar um irmãozinho hoje — falei, fazendo carinho na cabeça dele.

Ajudei Spencer a entrar no carro, mandei uma mensagem igual para todos nossos amigos e familiares e dirigi até o hospital.

Puta merda, eu ia me tornar pai!

Depois de darmos entrada, puseram Spencer em um quarto, e ficamos esperando e esperando.

— Eu achei que sua bolsa tinha rompido em casa — quis saber.

— Sim, rompeu.

— Sr. Montgomery, muitas vezes leva um tempo até que seja a hora certa. Relaxe — falou a enfermeira, verificando os sinais vitais da Spencer.

— É fácil para você dizer isso, Jackie.

Ela sorriu.

— Eu lido com pais todos os dias. Acredite. Nós vamos te avisar quando a hora se aproximar.

Alguém bateu na porta e, ao me virar para olhar, vi Blake parado no corredor.

— Como está meu shark do pôquer?

— Estou bem — respondeu Spencer.

— Você está sozinho? — perguntei.

— Sim, não vi mais ninguém aqui.

— Ótimo. Preciso falar contigo no corredor.

Seus olhos se arregalaram, mas depois ele me seguiu até o lado de fora.

— Relaxa. Lembra do que conversamos?

— Sim. Você quer que eu faça isso hoje?

— Não, você pode fazer amanhã. Não quero que nada dê errado.

— Tudo bem. Vou fazer. Stacey virá aqui hoje à tarde e eu a farei me ajudar.

— Stacey está vindo? Não... não responda. Não quero saber até vocês estarem casados.

— Não vou me casar.

— É, vamos ver — falei, dando um tapinha em suas costas.

Puta merda, aquilo era muito trabalhoso, e não era eu que estava parindo um filho.

Minha mulher era uma guerreira. Depois de ficar em trabalho de parto por nove horas, Kyle finalmente decidiu sair. Tal como no momento em que botei os olhos na Spencer pela primeira vez, eu me apaixonei pelo meu menininho.

Ele tinha os olhos e o nariz da Spencer, o meu sorriso e um pulmão tão potente que, juro, todo mundo podia ouvir da sala de espera.

— Nós conseguimos — falei, beijando a bochecha de Spencer, sussurrando em seu ouvido. Foi a mesma coisa que ela me falou quando a gente achou que eu ia ter um filho antes. Porém, dessa vez, era verdade, e tínhamos todas as provas de que precisávamos.

— Com certeza conseguimos. — Ela sorriu para mim.

Depois de ficar no hospital por dois dias, Spencer e Kyle foram liberados. Dirigi para casa, esperando que Blake tivesse conseguido fazer tudo e terminar o que planejei.

Kyle dormia em sua cadeirinha quando estacionamos em nossa garagem. Quando abri a porta de casa, Becca, Ryan e nossos parentes estavam aguardando.

— O que vocês estão fazendo aqui? — Spencer perguntou a Becca e Ryan.

— Você vai ver — respondeu Becca, dando uma piscadinha para mim.

— Me dá o meu sobrinho — falou Ryan.

Eu ri. Isso era típico da Ryan.

— Tenha cuidado com ele — pediu Spencer.

— Spencer, eu sei como cuidar de um bebê.

— Anda logo, Ryan. Nós, os vovôs, queremos segurar nosso neto — disse Julie, a mãe de Spencer.

Minha mãe concordou com a cabeça enquanto sorria e admirava seu neto.

— Tenho algo para você — falei.

— Para mim? — duvidou Spencer.

— Sim. Todo mundo pode cuidar do Kyle por um momento de modo que eu possa te levar a um lugar.

— Me levar a um lugar? Estou cansada.

— Amor... confie em mim.

Spencer me olhou por alguns segundos e depois para Kyle, então o beijou na testa antes de ir de volta em direção à porta.

— É por aqui — falei, indicando a direção da cozinha.

— Achei que fôssemos a algum lugar.

— E vamos. Siga-me.

Spencer me seguiu enquanto eu a guiava pela cozinha até o

jardim de trás.

— Você vai me levar para o nosso jardim dos fundos?

— Não, vou te levar para o Havaí.

Chegamos ao jardim, que o Blake, nossos familiares e Stacey haviam transformado em um oásis tropical. Uma rede estava pendurada entre duas árvores rodeada por algumas palmeiras em vasos que não haviam crescido ainda. Tochas tiki conduziam o caminho para uma pilha de lenha amontoada em frente ao bar externo, que estava decorado para parecer como uma cabana tiki. E o sistema de som externo reproduzia o som do oceano.

— Sei que não é o Havaí de verdade, mas, por ora, é bem parecido, até a gente poder ir quando o Kyle estiver um pouco mais velho.

— É perfeito.

— Eu não sabia o que te dar de presente de parto, mas sei que o Havaí te traz más lembranças, e quero que a gente tenha novas memórias lá, como uma família.

Spencer olhou para mim e sorriu.

— Sem essas memórias, eu nunca teria te conhecido. A vida me deu um monte de limões, e eu os transformei em limonada, e planejo bebê-la pelo resto da minha vida — declarou, me puxando para um beijo.

— Espero ansiosamente por isso, Sra. Montgomery.

Fim

Nota da autora

Queridos leitores,

Espero que tenham gostado de *Spencer para sempre* e curtido o ponto de vista do Brandon. Spencer e Brandon mudaram a minha vida para sempre, e sou muito grata por esses dois terem falado comigo. Também sou grata por vocês terem me dado uma chance como nova escritora e se apaixonado por eles também.

Para ficarem atualizados sobre meus livros, por favor, inscreva-se na minha newsletter. Vocês podem encontrar o link no meu site www.authorkimberlyknight.com. Também podem me seguir no Facebook: www.facebook.com/AuthorKKnight.

Obrigada novamente. Vocês realmente podem me ajudar muito ao deixarem uma avaliação deste livro ou de qualquer um dos meus livros que tenham lido na Amazon, na Barnes and Noble, no iTunes e no Goodreads. O amor e o apoio de vocês significam muito para mim, e eu estimo vocês todos!

Kimberly

Agradecimentos

Ao meu marido, obrigada por entender quando eu precisava escrever em vez de acompanhar nossos programas de TV favoritos. Graças a Deus existem os DVRs. Eu te amo, sabia disso?

À minha mãe e meu pai, obrigada por compreenderem que não sou uma pervertida e que apenas tenho uma boa imaginação!

À minha melhor amiga da vida, Audrey Harte, obrigada pelas horas que você passou editando TODA a série B&S. Sem você, minha vida seria uma droga — e não só porque você é uma excelente editora, mas porque é minha melhor amiga e posso sempre contar contigo. Acho que no ano que vem a gente deveria ir JUNTAS para o Havaí como sempre conversamos! Eles têm Cheesecake Factory lá, né? Haha Tô brincando.

Às minhas betas, Brandi Flanagan, Felicia Castillo, Kerri McLaughlin, Lea James, Lisa Survillas, Loralee Bergeson, Michele Hollenbeck, Stacey Nickelson e Trista Cox Ward, muito obrigada. Desculpem-me novamente pela rápida reviravolta com os prazos.

Lea James, do Fierce and Fabulous Book Diva, obrigada por todo o tempo que você dedicou à fan page. Fico feliz que a gente tenha conseguido se conhecer e que eu possa te chamar de amiga!

A Christine Stanley, da The Hype PR, estou escrevendo isso antes dos nossos autógrafos, e quero que você saiba que (mesmo que você não vá ler isso) estamos juntas!

À Liz Christensen, da E. Marie Photography, obrigada novamente POR TUDO, e por vir em meu socorro com essa última capa. É muito melhor do que eu havia tentado fazer! Mal posso esperar pelo que a gente vai inventar na próxima!

Dr. Santa Lucia, conhecido como David, novamente, estou escrevendo isso antes dos nossos autógrafos em Houston. Espero que você se divirta muito e aproveite toda a loucura que envolve as sessões de autógrafos. Você realmente fez o Brandon perfeito e não só por causa da aparência, mas por causa do seu coração e da sua integridade!

Rachel, aguente firme e mantenha-se saudável... pensando bem, talvez finja algumas doenças para que o Dr. Dave cuide de você. É isso que eu faria! E... estou trabalhando para ter um corpo como o seu!

Modelo de Capa Masculino:

David Santa Lucia

www.facebook.com/davesantaluciafitnessmodel -

david.f.santalucia@gmail.com

Modelo de Capa Feminino:

Rachel Baltes

www.facebook.com/sweettreattray - rachel.baltes@gmail.com

Fotógrafa:

Liz Christensen

www.facebook.com/E.MariePhotographs

emc33photos@gmail.com

Maquiagem:

Kimberly Bach - Kbbach214@gmail.com

Roupas da Modelo Feminina:

Queen Diamons Clothing Co. - www.facebook.com/qodcc

190   Kimberly Knight

Sobre a autora

Kimberly Knight é uma autora best-seller do USA Today, que vive nas montanhas perto de um lago com seu marido amoroso e Precious, seu gato mimado.

Em seu tempo livre, ela gosta de assistir seus *reality shows* favoritos na TV, assistir ao San Francisco Giants conquistar a World Series e ao San Jose Sharks mandar bem. Ela também venceu o câncer/tumor desmóide duas vezes, o que a tornou mais forte e uma inspiração para seus fãs.

Agora que mora perto de um lago, planeja trabalhar em seu bronzeado e fazer mais coisas ao ar livre, como assistir caras atraentes esquiando na água. No entanto, a maior parte do seu tempo é dedicada a escrever e ler romances e ficção erótica.

www.authorkimberlyknight.com

www.facebook.com/AuthorKKnight

twitter.com/Author_KKnight

pinterest.com/authorkknight

Entre em nosso site e viaje no nosso mundo literário.
Lá você vai encontrar todos os nossos
títulos, autores, lançamentos e novidades.
Acesse www.editoracharme.com.br

Além do site, você pode nos encontrar em nossas redes sociais.

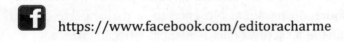

https://www.facebook.com/editoracharme

https://twitter.com/editoracharme

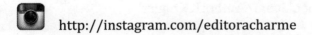

http://instagram.com/editoracharme